당신의 사춘기를 위해

2021년 가을

황영미

사춘기라는 우주

일러두기

오늘날의 어법과 맞춤법을 따르되 작가만의 독특한 어휘나 입말은 살렸습니다.

사춘기라는 우주

부모 너머
너와 나의 이야기

황영미 지음

(여는 글)

《체리새우: 비밀글입니다》 등장인물 중에 해강이라는 아이가 있다. 눈치가 없어 타인의 평판에 둔감하면서도, 본인한테는 후한 점수를 주는 아이다. 긍정적인 성향의 해강이는 매사 의욕이 넘치고 자신만만해서 자기는 뭘 해도 잘할 거라고 굳게 믿고 있다. 문제는 이 아이가 게으른데다 능력도 없다는 것이다. 이러니 잘될 일이 별로 없다.

해강이를 좋아하는 독자들이 꽤 있다. 이 아이가 지금은 마냥 해맑아도 자라면서 자기 객관화를 하게 되겠지 믿는 거 같다.

이런 캐릭터의 어른이 있다면 어떨까? 내가 해강이랑 많이 닮았다. 해강이 부모보다 나이도 많을 텐데, 나는 여전히 무모하고, 대책 없이 저돌적이다.

이 책을 덜컥 계약할 때만 해도 내가 에세이를 꽤 잘 쓰는 줄 알았다. 잡지사의 원고 청탁으로 몇 편 쓴 적도 있고, 맘카페나 커뮤니티에 글을 쓰면 반응이 좋은 적도 많았으니까.

그러다 집필을 하는 동안 얼마나 개고생을 했는지 모른다. 계약을 물릴까 싶은 생각을 한두 번 한 게 아니다. 대체 내가 뭐라고 사춘기 마음에 대한 에세이를 쓴다고 했지? 나는 그저 사춘기 아이들을 예뻐하는 평범한 동네 아줌마일 뿐인데, 왜 떠벌떠벌 잘난 척을 했지? 게다가 에세이는 어쩔 수 없이 사적인 내용이 드러나기 마련인데, 이 책이 나오면 우리 가족은 내가 부끄러워 얼굴을 들고 다닐 수나 있을까도 걱정이었다.

그러는 사이, 글이 꽤 쌓여서 계약을 깨버리기에도 아까운 지경에 이르렀다. 그때 깨달았다. 내가 우아한 것들과 거리가 먼 인생을 살아왔다는 걸. 실체가 드러난들 뭐 어쩌겠어? 내가 언제부터 대단한 작가였다고 이렇게 겁먹었지? 싶었다.

마음을 바꾸니 글쓰기가 편해졌다. 나같이 모자란 사람이 인간과 세계를 사랑하는 이야기라면, 적어도 유해하지는 않을 것 같았다. 이후부터는 맘카페나 커뮤니티에 쓰는 글처럼 편하게 썼다.

이 책은 엄마들 모임이나 학부모 커뮤니티에서 나눌 만한 이야기를 생각하며 쓴 글이다. 혹시 내 작품을 좋아하는 독자들이 읽으면 실망할 수 있겠지만, 작품에 가려져서 그렇지 내가 원래 좀 그런 사람이다. 수다 떠는 거 좋아하고 연예인 뒷담화도 즐기는 통속적인 아줌마.

강연에서 만났던 친구들에게 인사를 전한다.

별 매력도 없는 나이 든 작가의 횡설수설을 경청하던 너희들 눈빛을 잊지 않을게.

일일이 이름을 다 기억할 수는 없지만, 우리의 눈길이 닿아 조금은 더 편하고 행복해졌기를.

너를 평가하는 온갖 잣대 때문에 괴롭고, 네가 사랑했던 이들이 너에게 등을 돌리는 순간이 오더라도, 너희 각자는 여전히 귀하고 존엄한 존재라는 사실을 잊지 않기를.

세상의 어른들은 아이들에게 행복한 환경을 만들어줄 의무가 있다는 생각을 오래전부터 해왔다. 이 생각은 어느덧 내면화되어, 나는 아이들의 한숨과 눈물을 그냥 지나치기 힘든 사람이 되었다. 그 의무를 완벽하게 이행할 슈퍼맨이 될 수 없다는 걸 깨달은 뒤부터는 내가 할 수 있는 것만 하자고 다짐했다. 그 마음이 모여 소설이 되었다.

여기에 실은 산문도 그런 마음의 갈래들이다. 어쨌거나 사춘기를 지나는 아이들에게 조금 더 친절한 세상이 되었으면 좋겠다.

2022년 가을

황영미

차례

2장 / 사춘기라는 끝없는 우주

3장 / 다만 필요한 건 존중과 믿음, 적당한 거리

4장 / 친애하는 청소년의 세계

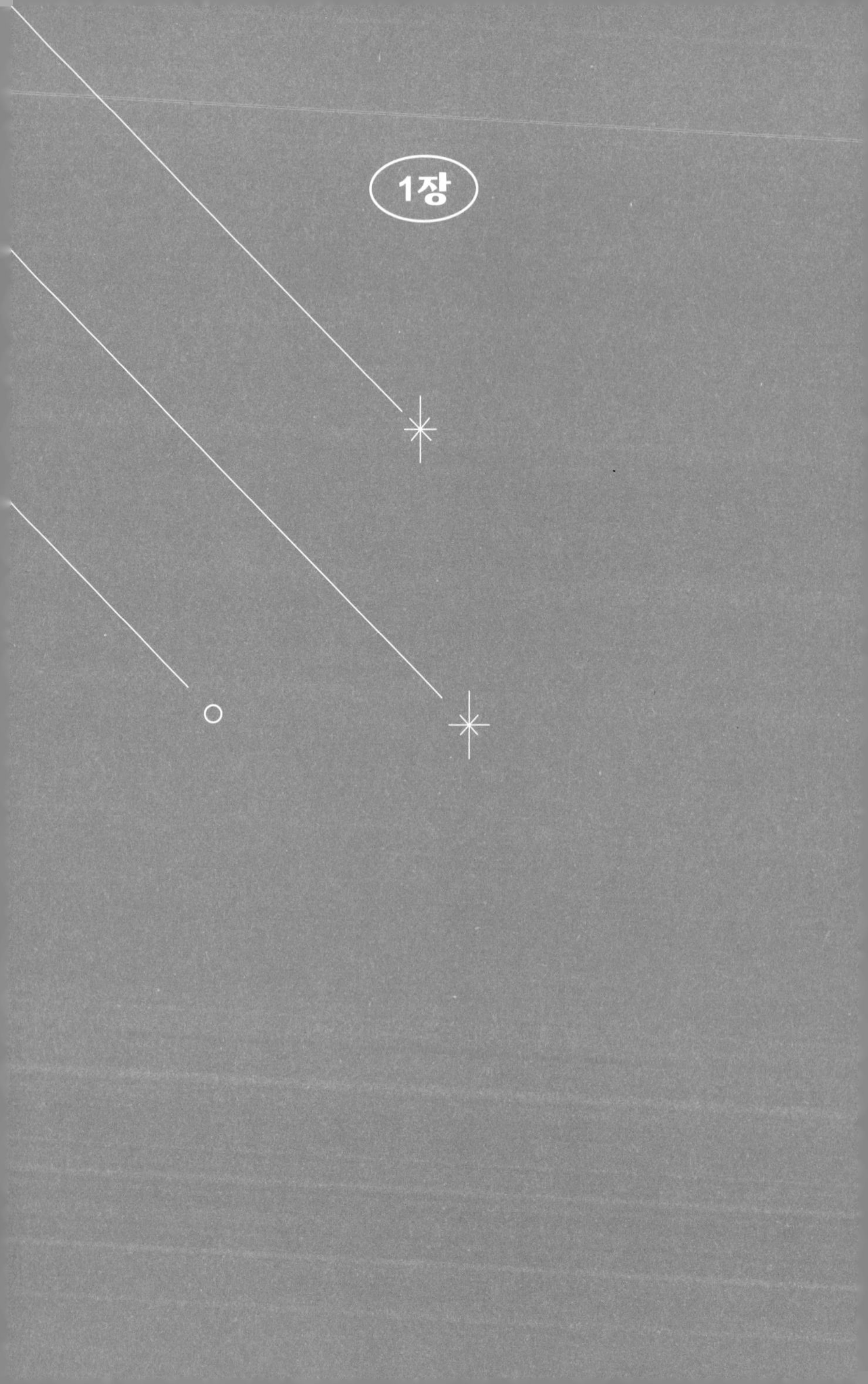

1장

어쩌면 이 아이는

내 아이가 아닐지도 몰라

나는 대리 양육자

인생의 가장 행복한 순간을 말하라면 1초도 망설이지 않고 대답할 수 있다. 임신했을 때, 그리고 아이를 낳던 순간이었다고. 배 속에서 꼬물거리며 존재를 알리던 아이가 있어서였을까? 무심하게 지나치던 것들이 임신을 하게 되자 달리 보이기 시작했다. 밤하늘과 플라타너스 가로수길, 계절마다 달라지는 대기와 거리를 오가는 사람들이 모두 특별한 의미로 다가왔다.

우리 모두는 살면서 어쩔 수 없이 이별과 상실을 겪는다. 살아 있는 모든 것은 언젠가는 우주 너머로 사라질 것이다. 그런데 아이가 생기자 그림자처럼 따라다니던 존재의 소멸에 대한 공포가 사라졌다. 아! 이런 식으로 유한한 인생이 역사로 만들어지는구나, 아주 오래전 나의 조상과 그들이 살던 동네와 생활 방식과 취향이 나의 유전인자 어딘가에 저장되어 이어지는 느낌이었다.

아이는 세상의 모든 언어를 무력화할 정도로 예뻤다. 나는 매일 김칫국을 마셨다. 얘가 나중에 연예인이 된다고 하면 어쩌지? 외모만인가. 서너 살쯤이었을 거다. 아들은 똥을 누고 물을 내린 뒤 이렇게 말했다.

"똥아! 어디 가니? 갤러리아 백화점 가니?"

저런 상상력은 어디서 나오는 걸까? 당시 아들을 데리고 갈 곳이 없어서 자주 갤러리아 백화점에 놀러 갔다. 매 순간이 감격이었다. 둘째인 딸은 세 살 무렵 인어 공주에 빠져서 매일 욕조에서 지냈다. 수영복을 입고 욕조에 누워 인어 공주 인형을 들고 디즈니 만화에 나오는 노래를 불렀다.

양육 과정은 매일이 기적 같았다. 내가 엄청나게 착한 일을 해서 이런 아이들이 나한테 왔나 싶었다. 장난감 자동차를 사달라며 길바닥에 드러누워 떼를 쓰는 순간에도 귀여웠고, 오빠 유치원 따라가겠다고 가방 들고 따라나설 때도 사랑스러웠다.

요즘도 가끔 아이들이 어렸을 때 살던 동네로 가본다. 아파트 외벽을 낀 가을 길을 아들은 보조 바퀴 달린 자전거를 타고 천천히 달리고 있고, 그 옆에서 나는 딸을 태운 유아차를 밀며 나란히 걷고 있다.

찰칵! 이 장면은 마음속에 따뜻하고 행복한 기억으로 저장되어 있다.

매일이 축제였던 건 아니다. 실제 육아는 고단한 일상의 연속이었다. 많은 사진과 영상을 다시 들여다볼 시간이 없을 정도로 인생은 빠르게 흘렀다. 엄마 옷자락만 붙잡고 졸졸 쫓아다니던 아이도 훌쩍 자랐다.

바야흐로 사춘기에 접어들면 인생의 축복이던 아이, 우주의 사랑이 농축된 것 같았던 아이는 이제 세상에 없다. 대체 저 아이를 내가 낳은 게 맞나 싶은 순간이 자주 찾아왔다.

나만 그런 게 아니었다. 학부모 커뮤니티에 이런 고민들이 쏟아졌다.

'아이가 쥐 잡아먹은 것처럼 새빨간 립스틱을 바르고 다녀요. 교칙에 어긋나는 거 아닌가요?' '모범생이던 아이가 왜 저렇게 변했는지 모르겠어요.'

또 생각나는 에피소드.

'아들한테 여자 친구가 생겼어요. 평범한 아이였으면 예쁘게 사귀라고 응원했을 텐데, 여자애가 보통이 넘어요. 얼마나 염색을 자주 했는지 머리카락이 개털이 되었더라고요. 발랑 까진 날라리 같아요. 둘이 헤어지게 하려면 제가 뭘 해야 할까요?'

그 외에 나도 걱정스러워 마음 졸였던 글.

'아이가 하루 종일 연락이 안 돼요. 학원에도 안 갔대요. 별의별 생각이 다 들고, 걱정하느라 밥도 못 먹었어요. 경찰서에 가볼까요?' 이런 글부터 '이상한 사이트도 막 들어가고 게임 중독 같아요' 이런 사연도 많았다. '야단을 치니 가방을 집어 던지고, 책도 집어 던지고 난리를 치더라고요. 내쫓아버리고 싶어요.' 심지어 왜 자기를 낳았느냐며 따지는 아이도 있었다.

이런 고민들 가운데 '우리 아이는 사춘기 없이 자랐어요'라는 눈치 없는 댓글이 심심치 않게 달렸는데, 그게 자랑이냐, 고분고분하게 말 잘 듣는 사춘기 아이들이 더 위험하다, 지랄 총량의 법칙이라는 말 모르느냐는 훈계 글도 이어졌다. 내 생각도 비슷했다. 이런저런 책에서 읽었는데, 외모나 유행에 민감한 것, 충동적인 것, 권위를 무시하는 것 등이 사춘기의 보편적 특징이라고 한다. 호르몬뿐 아니라 뇌의 영향이니 이런 특성을 받아들여야 한다는 거였다.

나아가 나는 중·고등학생이 화장이나 염색을 하면 왜 안 되는지 아직도 모르겠다. 엄마 놀이 하던 유치원 때는 화장해도 되고, 사춘기 때는 하지 말아야 하나? 우리 아버지는 가부장 독재자였고, 엄마는 큰소리 한번 못 내는 여리고 순종적인 분이었다. 강심장이 아니었던 나는 어른들이 하지 말라는 걸 대체로 안 하고 자랐다. 그래서 어른이 되어서도 늘 일탈에 대한 욕망이 드글드글 끓었다.

친한 시인이 나더러 정신연령이 딱 열다섯 살인 거 같다고 농담했는데, 사실일 수도 있다. 얼마나 한이 맺혔으면 사춘기 아이들이랑 감수성이 비슷할까. 그리하여 나는 설명 없이 "안 돼!"라는 말을 하지 않는 어른이 되려고 노력했다. 개방적이고 허용적인 엄마가 되고 싶었다. 방학 때 머리 염색을 하겠다는 딸에게 군말 없이 돈을 줬고, 아들이 컴퓨터 게임에 빠졌을 때도 시간만 지키면 그만이었다. 나는 이 대목에서 무슨 잔소리가 필요한지 아직도 모르겠다.

그런데 드문드문 떠오르는 장면이 있다. 아이 때문에 열 받아서 잠을 못 이뤘던 일, 도저히 못 참아서 야밤에 편의점에 맥주 사러 갔던 일, 심지어 미국 사는 언니한테 아이가 도대체 왜 이러는지 모르겠다고 엉엉 울며 전화했던 일도 있었다. 눈 동그랗게 뜨고 이게 다 엄마 탓이라며 내게 화풀이하는 아이한테 "그래, 다 엄마 탓이구나"라고 말하기가 어디 쉬운가. "버르장머리 없이 키운 걸 보니 내 탓 맞네", 이렇게 말하고 싶지. 속으로 이를 갈았다. 스무 살이 되면 기숙사에 보내든지, 방을 얻어 내보낼 거라고. 그래, 의무 양육 기간만 지키겠다. 그다음에는 네 멋대로 살아봐. 흥!

그러다 아이가 잠든 모습을 보면 아기 같아서 그냥 짠했다. 사실은 아이들을 키워놓고 나니 나한테 못되게 굴었던 일은 기억이 안 난다. 나도 부족한 엄마였기에 아이 때문에 속 끓였던 기억도 거의 다 까먹었다.

농담처럼 말했다. 내가 죽으면 몸에서 사리 한 박스가 나올 거라고. 아이를 키우는 건 참고 참고 또 참는 인내의 연속이었다. 아이가 주는 기쁨이 많았던 만큼 나의 인내심을 시험하는 때도 굉장히 많았다.

그때 어떤 생각이 섬광처럼 나를 압도했다.

'아! 어쩌면 이 아이는 내 아이가 아닐지도 모른다.'

분명히 그랬다. '이토록 사랑스러운 아이를 내가 감당할 수 있을까?'라는 생각이 들 때부터였다.

사랑을 표현할 때나 훈계를 해야 할 경우 가장 중요한 건 아이를 대하는 일관된 태도라고 한다. 저 아이가 내가 낳은 자식이 맞는지 의심스러울 때도 일관되게 아이를 사랑한다는 믿음을 주려면 어떻게 해야 할까?

그때 생각했다. 아이를 신이 보낸 선물이라고 하는데, 맞는 말이라고.

'이 아이는 내 자식이 아니라 신의 자식이다. 나는 이토록 훌륭하고 대단한 분의 자식을 키워주는 대리 양육자다. 이 귀한 아이를 함부로 대하면 안 된다!'

이런 생각을 하고 나니 신기하게도 아이한테 느긋해졌다. 아이가 대들 때도 참고 기다릴 여유가 생겼다. 성적이든 학교생활이든 문제가 생겨도 일희일비하지 않게 되었다.

나만의 생각인가? 만일 가족관계증명서에 등재된 부모는 대리 양육자라는 인식이 합의되면 세상이 좀 좋아지지 않을까 하는 상상도 해본다. 자식을 존중하는 마음이 저절로 생길 테고, 자신의 소유물로 생각하지도 않을 테고, 체벌 같은 건 꿈도 못 꾸게 될 테니까.

정말 그랬으면 좋겠다. 부모의 역할은 귀한 분의 자식이 잘 자랄 수 있게 최대한 지원하는 것. 그리고 자식한테 무조건 한도 초과의 사랑을 퍼붓는 것.

아이 성적에 쿨한 척!

두 아이 다 그랬다. 중간고사든 기말이든 모의고사든, 시험 보는 날이면 끝나자마자 전화를 걸어왔다. 전화를 받으면 나는 "응" 혹은 "그래"라고만 반응했다. "밥은 먹었어?"라는 말도 했다. 어쨌든 단 한 번도 "시험 잘 봤어?"라고 물어본 적이 없었다.

역시 두 아이 다 같았다. 내 목소리를 듣는 순간, 그냥 자기 할 말만 다다다다 털어놓았다. 어느 과목에 어떤 문제가 나왔는데, 답이 뭐였고, 분명히 어제 공부한 건데 어쩌고저쩌고, 다른 아이들은 어떻게 봤고, 뭐 대강 이런 식이었다. 조금 달랐던 건, 큰아이는 몇 개 틀렸고, 수행평가랑 해서 등급이 얼마가 나올 거 같은데, 앞으로 이렇게 이렇게 해야 할 것이라며 감정을 수습하는 편이었다. 외고 다녔던 둘째는 시험을 못 본 날이면 첫마디가 이랬다.

"망했어! 망했어!"

지금 생각하면 귀엽지만, 그때는 마냥 편할 수 없었다. 어쨌든 두 아이 다 실컷 자기 얘기를 한 다음에는 거의 이렇게 통화를 마무리했다.

"오늘 치킨 시켜 먹을 수 있어?"

혹은 피자.

"당연하지! 무슨 치킨?"

시험을 잘 봤든 못 봤든 대화 패턴은 거의 이랬다. 성적표 나오는 날도 비슷했다. 무슨 과목은 몇 등급이고, 전체적으로 어떻고, 그리하여 이번 학기는 요러하니 다음 학기에는 어떻게 해야겠다.

나는 거의 바위 같은 태도를 취했다. 허벅지를 찔러가며 참았다. 아이 성적에 털끝만치도 내 감정을 개입시키지 않겠다고. 실제로 두 아이 다 내가 자기들 성적에 일희일비하지 않은 줄 안다. 시험을 망쳐도, 자기들 인생이 실패해도 엄마는 늘 그 자리에 있을 거라고.

성적표가 나오던 날, 딸이 이런 말을 한 적이 있었다.

"참! 엄마! 오늘 성적표 나온 거 친구 엄마들한테 절대 말하면 안 돼. 알았지?"

딸의 친구는 자기 성적표가 폭탄이 될 거라고 했단다. 수습책이 나올 때까지 당분간은 숨길 예정이니 성적표 나왔다는 소문을 절대 내지 말라고 당부했다고.

성적에 대해서만 이런 게 아니었다. 머리카락 염색한 아이한테는 모욕을 주면서, 몰카 찍다가 걸린 학생한테는 관대한 처분을 내렸다는 어떤 학교의 일에 분개하면서 딸이 말했다.

"엄마까지 학교 입장에 동조하면 나 미쳐버릴 거야."

나더러 아무 말도 하지 말라니, 얘가 나를 돌부처 취급하네, 싶었다.

"몰카범의 집안이 빵빵해서가 아닌 거 같다. 몰카범에게 전학 처분은 결코 가벼운 처벌이 아니다. 그리고 머리 염색은 교칙에 어긋나니 혼낸 거 아니겠느냐."

나는 이 말을 하고 싶었으나 꾹 참았다. 저렇게 엄마는 내 편이며 우리 편, 그리고 정의의 편이라고 철썩같이 믿는 아이 앞에서, 당장은 입 닥치는 수밖에 없었다. 딸의 그 말에는 경고의 의미도 있었다. 만에 하나 실수로라도 엄마가 꼰대 같은 소리를 늘어놓으면 안 된다고. 그런 태도를 취하는 순간 엄마한테 실망할 거라고.

아이의 감정이 좀 가라앉은 며칠 뒤 그 이야기를 다시 할 기회가 있었다. 우리는 길게 대화했다. 그리하여 그 학교 측의 태도는 대체로 정당했고 어느 지점에서는 비굴했으며 누구한테나 약간의 이중성은 존재한다는 의견에 합의했다.

어쨌든 나는 성적이든 뭐든, 엄마는 내 편이자 우리 편, 그리고 정의의 편이라는 포지션을 유지했던 거 같다. 그것이 이중적이든 위선이든 간에.

처음부터 이랬던 건 아니었다. 임신했을 때부터 육아 서적, 교육학 책을 두루 읽었지만, 이론은 이론일 뿐, 매사가 처음이고 실수였던 적이 훨씬 많았다. 소리 지르지 않겠다, 아이를 혼내기 전에 설명부터 하겠다는 원칙을 세웠지만, 아이와 함께하는 매일은 또 다른 상황을 끝도 없이 만들어냈다. 잠시 한눈판 사이 욕조에 샴푸 한 통을 다 쏟아부은 아이한테 참고, 참고 또 참으며 소리를 안 지르기가 어디 쉬운가.

그렇지만 대체로 잘 참았던 거 같다. 어쨌든 나는 위험한 일 빼고는 거의 아이를 믿어주는 편이었다. 특히 공부에 관해서는 그랬다고 생각한다.

나는 아이보다 앞선 적이 없었다. 늘 내가 책을 끼고 살았으니 아이가 공부하고 싶은 환경은 만들어준 거 같다. 다만 이거 해야 돼, 저거 해야 돼, 라고 말한 적은 없었다. 부모가 아이를 잘 이끌어줘서 입시에 성공하는 사례가 넘치지만, 대학 이후 남은 인생은 결국 아이 몫 아닌가? 남보다 조금 뒤처지더라도 스스로 자기 인생을 설계하고 주도하기를 바랐다. 내 역할은 아이 인생의 조력자일 뿐. 내가 아이를 이끌 부분이 있다면 반 발짝만 앞서겠다고 다짐했다.

그리하여 입만 열면 온갖 책에서 주워들은 지당하신 말씀만 늘어놓았다. 공부가 인생의 전부가 아니다, 성적에 목매지 말자, 다들 실수하면서 배우는 거다 등등. 그렇다고 위선은 아니었다. 자식 인생에 위선적일 부모가 얼마나 있을까?

나는 대체로 이런 엄마였다. 그 일이 있기 전까지는.

큰아이가 중학교에 입학한 후 첫 중간고사 성적표가 나온 날이었다. 성적표를 보고 깜짝 놀랐다. 다른 과목은 만점에 가까웠는데, 국어 성적이 80점대였나 그랬다. 내가 이런 말을 하면 어떤 반응이 나올지 짐작하고도 남는다.

"웃기는 아줌마네. 80점이 어때서?"

맞다. 나는 이중인격 재수 폭탄 아줌마다. 말로는 성적에 연연하지 않는다면서 80점대에 놀라다니! 그런데 남편은 학자이고, 당시 나도 대학원에 다니고 있었다. 집에 책이 가득하고 공부하는 분위기니 내 아이들이 자연스럽게 공부를 잘할 줄 알았다.

"아니! 어떻게 국어가 이 점수가 나올 수 있지? 영어를 못했으면 말을 안 해. 국어는 모국어잖아."

재구성해보자면 아마 이런 식으로 말했을 것이다. 자기도 그 점수를 받아서 속상했던 아이는 "에이, 다음에 잘하면 되지 뭐"라는 엄마의 위로를 받고 싶었던 것 같다.

"시험지 좀 갖고 와봐. 대체 뭐가 틀린 거야?"

내 말에 아이가 주섬주섬 시험지를 내밀었다. 아무리 책 많이 읽고, 무려 문예창작 대학원까지 다닌다고 해도 국어 시험 정답을 잘 알 리 없었다. 나도 모르면서 "어떻게 이 답을 썼어?"라며 아이를 추궁했다.

시험지를 들고 내가 펄펄 뛰자, 그때부터 아이는 입을 닫았다. 내가 묻는 말에 대답도 안 하고 내 얼굴만 쳐다보았다. 경멸을 가득 담은 눈빛. 아이는 눈으로 나에게 말하고 있었다.

"위선자!"

아이의 이런 태도 때문에 더 열받았다. 이 자식 봐라? 이런 버르장머리는 대체 어디서 배운 거지? 돌이켜 생각해도 등골이 서늘하다. 나는 제정신이 아니었다. 나 혼자 미친 발광을 끝내기도 전에 아이가 말했다.

"하고 싶은 말 다 했지?"

더 이상 내 말을 못 듣겠다는 듯 아이는 벌떡 일어났다. 그러더니 신발을 신고 집을 나가버렸다.

그다음부터 상황은 다른 국면으로 넘어갔다. 국어 성적에 대한 충격은 금방 휘발되었다. 아! 휴대폰도 놔두고 얘가 어딜 갔지? 파도처럼 불안이 덮쳤다. 이런 적이 한 번도 없어서 더 불안했다.

아이는 저녁에 돌아왔다. 버스 타고 빙빙 돌아다녔다고 했다. 나는 아무 소리도 못 했다. 그깟 성적이 뭐라고 그렇게 인격의 바닥을 드러내면서 아이를 몰아붙였을까?

그날 밤, 아이한테 솔직하게 말했다.

엄마가 입으로는 온갖 좋은 소리 다 늘어놓지만, 나 역시 네 성적이 좋았으면 좋겠고, 대학을 잘 갔으면 좋겠다고 생각했나 보다. 물려줄 재산도 없는데, 너희 둘 다 순조롭게 자립했으면 좋겠다, 그러려면 대학을 잘 가는 게 유리하겠지. 그렇지만 대학을 안 가도 얼마든지 성공할 수 있다. 다만 그 길은 엄마가 잘 모른다. 만일 네가 대학을 안 가겠다면 나도 진로에 대해 같이 고민하고 공부하겠다.

대강 이런 식으로 말했다. 그러고도 며칠이나 위선적이며 이중적이었던 내 태도를 자책했다. 정신줄 놓고 아이를 몰아붙인 것에 대해서도 몇 번이나 더 사과했다.

사과 몇 번으로 끝낼 문제가 아니었다. 그 일은 막연하게 생각했던 아이와 나의 관계를 재정립하는 계기가 되었다. 몇 문장의 말로 다 정리할 수는 없지만, 원칙은 정했다. 아이들이 성인이 되기 전까지 나는 '5분 대기조' 포지션만 유지하자고. 아이들이 손을 내밀면 언제든 달려가는 엄마가 되자, 그 이상은 하지 말고. 앞서 뛰면서 아이더러 따라오라고 하는 엄마는 되지 않겠다.

그러기 위해서는 아이 성적과 내 인생을 분리하는 태도가 필요했다. 마음으로는 안 되더라도 그런 척이라도 해야 했다.

정신과 의사가 쓴 책을 그 무렵 읽었다. '시험을 못 봐도 괜찮아, 뭐 어때?' 이렇게 쿨한 태도를 취하는 아이들이 있는데, 그 태도도 거의 방어기제라고 한다. 시험 못 보기를 갈망하고, 부모가 속 터져 죽기를 원하는 아이는 없다고.

시험이나 성적은 자기 마음대로 안 되는 영역이다. 죽어라 공부해서 어디까지 도달하라는 말이 무슨 소용일까? 그러는 당신은 죽어라 노력해서 빌 게이츠나 따라잡지, 왜 힘없는 나한테 잔소리나 하고 있냐는 말이 자동 발사로 튀어나오지 않을까? 사춘기가 되어도 아이들은 부모 눈치를 살핀다. 특히 성적에 관해서는. 책 제목은 정확히 기억 안 나지만 이런 구절이 있었다. 시험 못 보면 아이는 속상한데, 부모까지 속상해하는 걸 보면 아이는 열 배는 더 좌절한다고.

그다음부터 아이의 성적에 내가 할 일은 그냥 '무조건 받아들이는' 거였다. 시험을 잘 봤든 못 봤든 그건 아이 몫이니까. 시험을 대신 봐줄 것도 아니고, 공부를 대신 해줄 것도 아니고, 내 아이가 영원히 내 품에 있을 것도 아닌데 안달복달하는 건 아이에게 독이 될 거 같았다. 나는 그저 아이의 지지자이자 응원군, 5분 대기조일 뿐이라는 생각에 날이 갈수록 확신이 생겼다.

물론 마냥 놓아둔 건 아니었다. 나는 성격 급하기로 소문난 우리 아버지의 유전자를 물려받은 사람이다. 아이들을 대놓고 재촉하지만 않았을 뿐, 상황에 따라 우회적으로 텐션을 줬다. 이를테면 시험 기간에 컴퓨터게임을 몇 시간이나 하고 있으면, 조용히 말했다.

"게임을 몇 시까지 할 건지 정하자."

그럼 아이는 한 시간 내지 두 시간이라고 대답했고, 그 시간을 대체로 지켰다.

두 아이 다 운이 좋아서 원하는 대학에 들어갔다. 말하자면 명문대다. 아이들이 어느 대학에 다니는지 동네방네 자랑하고픈 마음이 한때 있었으나 지금은 아니다. 짧지 않은 인생을 살면서 대학 서열대로 능력이 있는 게 아니라는 걸 확실히 깨닫기도 했고, 인품은 더더욱 그랬고, 그리하여 한국 사회의 고질적인 병폐인 대학 서열화 이데올로기에 내 털끝 한 자락도 보태기 싫어졌다. 명문대가 안정된 직업을 보장해주지 않는 시대에 살면서 영양가도 없는 자랑을 늘어놓는 게 무슨 소용일까. 위선이라도 할 수 없다. 나는 추악한 욕망을 날것으로 드러내는 것보다는 차라리 위선을 선택하겠다.

어쨌든 아이들이 무난하게 대학을 가니 나도 홀가분해졌다. 대학생이 된 뒤 아이들한테서 자기들 편하게 해줘서 고맙다는 말을 들었다. 사실은 두고두고 생색내고 싶었다. 위선적이든 이중적이든 엄마가 그런 태도 취하느라 얼마나 힘들었는지 아느냐고, 나라고 속상한 순간이 없었는 줄 아느냐고. 그런데 아이들한테 고맙다는 말을 들으니 그 생각도 싹 달아났다.

생색이라니! 밥해주고 얘기 들어준 거 말고 내가 한 게 뭐 있다고. 애고. 그저 자식 일이라면 분수도 모르고 선 넘는 일이 다반사다.

말대꾸를 한 번도 안 했다네요

드라마에서 왕 역할을 단골로 하던 배우가 오락 프로그램에 나와서 가족 자랑을 좀 했다고 한다. 그중 자녀와의 관계에 대한 내용이 기사로 많이 나왔다. 내용인즉, 자기 부부는 자식들에게 늘 존댓말을 한다는 거였다. 그래서인지 아이들이 말대꾸를 한 번도 안 하더란다. 심지어 그 집 아이들은 사춘기가 뭔지도 모르게 지나갔다고 한다. 관련 기사 때문에 맘 카페와 학부모 커뮤니티에서 난리가 났다. 쟁점은 두 가지였다.

첫째, 자식에게 존댓말을 하는 게 바람직한가? 둘째, 사춘기 자녀가 말대꾸를 안 하는 게 자랑거리인가?

'오은영 박사가 그러는데, 자녀에게 존댓말을 하는 게 교

육상 안 좋대요.'

누군가 이 글과 함께 관련 기사 링크를 가져와서 이 문제는 일단락되었다. 자녀에게 존댓말하기를 권하는 심리학자도 있다는 댓글을 쓸까 하다가 말았다. 집집마다 문화가 다른 만큼 이런 문제에 정답은 없을 테니까. 중요한 건 자녀에 대한 존중의 태도일 것이다.

존댓말 여부보다 논쟁이 되었던 건 말대꾸였다.

'부럽다. 눈 똑바로 뜨고 꼬박꼬박 말대꾸하는 따님 모시고 살아요. ㅠㅠ' '말대꾸만 하면 말을 안 함. 엄마를 투명인간 취급함.' '저 집안에서 말대꾸할 일이 뭐가 있겠어요? 부모가 돈 많겠다, 자식들 뒷바라지 원 없이 다 해주겠다. 자식한테 존댓말로 존중까지 해주는데.'

이런 댓글이 이어지던 그때였다.

아니, 얼마나 억압적인 분위기면 아이가 말대꾸도 못해요?

누군가 이렇게 논란의 불씨를 던졌다. 그러자 말대꾸를 안 하는 건 자랑이 아니다, 오히려 위험할 수 있다는 글이 올라왔고, 반박 글도 이어졌다. 게시판은 하루 종일 그 문제로 뜨거웠다.

이 이슈는 다음 날까지 이어졌다. 그럴 수밖에. 사춘기 아이랑 매일 씨름하느라 복장 터져 죽기 직전의 엄마들이 모인 커뮤니티 아닌가. 게다가 "아이가 말대꾸를 한 번도 안 했어요"라는 말은 "놀 거 다 놀고, 사교육 한 번도 안 시켰는데 서울대 갔어요"라는 말과 비슷하다. 말하는 사람은 악의가 없는데, 그 말은 이상하게 상대방의 염장을 제대로 질러주신다는 거.

초등학교 다닐 때 이런 일이 있었다. 숙제 검사를 위해 줄 서 있는데, 저 앞줄에서 검사 맡던 아이가 엄청나게 혼나고 있었다. 그런데 그 아이를 혼내던 담임이 느닷없이 말했다.

"황영미! 이리로 와봐."

내 순서가 아닌데, 왜 나를? 나는 어른들한테 혼날 일을 거의 하지 않는 모범생이었다. 잔뜩 긴장하고 담임 앞으로 갔다. 담임은 순서를 무시하고 내가 내민 숙제 공책을 검토하더니 이렇게 말했다.

"잘했네."

그러더니 당시 평가 기준인 동그라미 다섯 개를 그려주었다. 말하자면 평점이 5점이라는 소리다. 휴우, 다행이다,

안심하던 순간, 담임이 표정을 싹 바꾸었다.

"야! 황영미, 너는! 숙제를! 응?"

갑자기 버럭 소리를 지르는 거였다. 깜짝 놀랐다. 담임의 눈치를 살피며 재빨리 머리를 굴렸다. 내가 뭘 잘못했지? 그때 놀라고 어리둥절해하는 나를 쳐다보며 담임이 껄껄 웃기 시작했다.

잠시 후 담임이 자기가 웃은 사연을 말해주었다. 숙제 검사를 하면서 자기가 소리를 지를 때마다 뒤에 서 있던 내가 어깨를 들썩이며 깜짝깜짝 놀라더라고. 그 모습이 귀엽고 웃겼던 모양이다. 담임은 내 머리를 쓰다듬더니 자리로 돌아가라고 했다. 그다음부터 담임은 숙제를 못해 온 아이들에게 소리를 지르지 않았다.

담임이 나한테 화를 낸 건 아니지만 그 일은 두고두고 생각났다. 아이 하나가 숙제를 잘 못해 가는 게 그렇게 소리 지를 일인가? 교실 분위기를 공포로 몰아넣을 만큼? 그런데 당시 어른들은 거의 그랬다. 문제가 생기면 일단 화부터 냈고, 소리를 질렀고, 아이가 해명을 하려고 하면 '시끄럽다'며 아이의 입을 틀어막았다. 자신이 오해했다는 게 나중에 드러나더라도 어른들은 사과할 줄도 몰랐다.

나는 아버지한테 뭔가를 말할 때면 일단 눈물부터 나왔다. 우리 아버지는 자식이든 누구든 남의 말을 들을 귀가 닫혀 있었다. 엄마나 우리 형제들은 아버지한테 찍소리도 못했다. 아버지 앞에서 할 수 있는 말은 딱 두 가지였다.

"네!"

그리고

"잘 알겠습니다."

내가 어른이 되고, 아버지가 늙고 힘이 없어졌을 때야 아버지를 연민의 눈으로 바라볼 여유가 생겼다. 아버지도 자식을 사랑하는 법을 배우지 못해서 그랬다는 걸, 당신도 무섭고 힘들었다는 걸, 그럼에도 약한 모습 보이면 큰일 나는 줄 알았다는 걸 그제야 이해했다.

나는 우리 집만 그런 줄 알았다. 그리고 내가 나고 자란 경상도에서만 이런 줄 알았다. 그런데 옛날 드라마나 영화를 보면 비슷한 장면이 많이 나온다. 아이를 존중해주는 문화가 거의 없던 시대였다.

당시 금과옥조처럼 여기던 말이 있다.

"부모님 말씀 잘 들어라."

요즘에도 많이 하는 말이다. 이 말에는 부모님은 절대 잘못할 일이 없다는 전제가 깔려 있다. 그러니 "왜?"라고 물을 수도 없다.

과장해서 말하자면 내가 자랄 때는 총체적으로 자기 생각의 싹을 죽이는 환경이었다. 순종적인 아이가 칭찬받던 시절, 윗사람 앞에서 자기 의견을 말하면, 당장 '버르장머리 없다'는 낙인으로 되돌려받았다.

캐나다에 있을 때 들었다. 한국인에 대한 서구 사람들의 편견. 한국 아이들은 수학 잘하고, 순종적이며 수줍어하고, 자기 의견을 말할 줄 모른다는 거였다. 캐나다에 있을 때 유치원에 다녔던 딸은 수업 시간마다 손을 번쩍번쩍 들고, 발표를 잘했다. 인종차별주의자라고 소문났던 선생이 딸아이를 많이 예뻐했다. 아시안 아이를 티 나게 예뻐해서 그 선생이 인종차별주의자라는 소문은 쏙 들어갔다. 그런데 학부모 참관 수업 때 같이 갔던 한국인 엄마가 딸의 모습을 보고 내 귀에 이렇게 속삭였다.

"저렇게 나대다가 한국 가면 미움 많이 받겠다."

그 엄마의 예언은 적중했다. 귀국한 뒤 딸아이는 원래 성정을 버리지 못하고 나대다가 친구들한테 미움을 좀 샀다.

그런데 이것도 다 옛날 일이다. 수동적인 아이가 칭찬받고, 어른들한테 순종하는 게 미덕인 시대는 이제 과거로 박제되었다.

요즘 아이들은 자기 생각을 표현하는 데 능하다. 학교 수업 때 토론도 많이 하고, 어른들 눈치 보느라 할 말도 못하는 아이는 많지 않은 듯하다.

자기가 뭘 원하는지, 뭘 원하지 않는지 스스로 생각하고 표현할 줄 알아야 행복해진다고 한다. 그러기 위해서 부모랑 정신적 분리를 시작하는 시기인 사춘기에 말대꾸는 필연이며 필수적으로 거쳐야 할 과정 아닌가?

아니, 말대꾸란 단어 자체가 차별적 단어다. 어른들한테 자기 생각을 말하는 걸 말대꾸라는 단어로 폄하하는 거다.

옛날 사람이라서 말대꾸 안 하는 걸 자랑하는 거겠지. 그 배우랑 나이는 비슷하지만 나는 말대꾸를 적극 장려한다. 나라면 말대꾸를 못하게 하는 것보다 예의를 갖춰서 말대꾸하는 법을 가르치겠다. 왜냐하면 내가 피해자였기 때문이다. 아이라서, 여자라서, 어른들한테 칭찬받고 싶어서 표현하지 못하고 지나갔던 많은 마음과 생각들. 억압당하는 사람은 행복해질 수 없다. 그러니 이토록 감수성이 둔한 내가 글을 쓰기 시작한 것이다. 안 그러면 죽을 거 같아서. 자기를 표현하는 언어를 갖게 되자 강철 멘탈도 동시에 얻었다.

아이가 눈 똑바로 뜨고 대들며 말대꾸를 하면 이렇게 생각하면 된다.

'얘가 자기 언어를 가지려고 이러는구나. 그러니 화내지 말자. 아이가 마음 근육을 쌓는 중이니까. 그렇지만 눈 부라리며 말하는 태도는 고쳤으면 좋겠구나.'

이런 생각을 하더라도 허벅지는 찔러야겠지. 이런 과정을 거치다 보면 몸에 사리가 차곡차곡 쌓이는 게 이런 거구나 싶은 생각이 저절로 든다.

학원 숙제를 안 해 간 내 아이

"사교육 안 시키고 학교 수업과 EBS 위주로 공부해서 좋은 대학에 보냈어요."

당당하게 이런 말을 하는 수험생 엄마이고 싶었으나 그러지 못했다. 두 아이 다 영어랑 수학 학원은 꾸준히 다녔다. 영어는 캐나다에서 귀국한 뒤로 계속 다녔고, 수학은 내가 수학을 어려워했던 경험 때문에 다니게 했다.

물론 아이들의 동의를 얻었다. 다니기 싫으면 언제든 말해라, 대학이 인생의 전부가 아니다, 뭐, 이런 지당하신 말씀을 늘어놓았는데, 아이들은 내 말을 진지하게 받아들였다. 학원을 알아보는 건 전적으로 내 몫이었다. 당연하지 않은가. 좋은 학원이 어딘지, 진도를 어떻게 빼는지, 이런 정보를 캐묻고 다니는 아이는 상상이 잘 안된다. 그런 짓을 하면 단번에 왕따로 등극하지 않을까?

아이 키우면서 힘들었던 기억 중 하나가 학원을 알아보러 다닌 거였다. 동네 분들과 교류도 없었고, 별로 친하지도 않은 아이 학교 엄마들한테 학원 정보를 물을 수도 없었다. 그냥 맨땅에 헤딩이었다. 동네 학원을 검색한 다음 무작정 나섰다. 검색에서 1차 거르고, 상담을 하면서 2차 거르고, 마지막으로 나의 취재 자료를 바탕으로 아이들과 의논한 다음, 최종적으로 학원을 선택했다.

학원이 없어지거나 하지 않는 한, 한번 선택한 학원을 꾸준히 다녔다. 그렇지만 다른 이들에게 적극 추천할 만한 학원은 아니었다. 학원 선택 기준이 각자 다를 테니까. 나의 학원 선택 기준은 이랬다.

첫째는 셔틀버스 유무다. 이건 매우 중요했다. 왜냐? 내가 운전을 못하니까. 아이들한테 '밥해주기' '마음 편하게 해주기'에만 최선을 다할 거라고 생각해왔다. 방과 후에 학원 라이드까지 했다면 나는 일찌감치 미쳐버렸을 거다.

둘째, 숙제 많이 내주는 학원은 걸렀다. 모범적인 수험생 엄마는 아니지만, 예나 지금이나 나는 모든 공부의 기본은 학교 수업이라고 생각한다. 학원 숙제하느라 수업 시간에도 졸고, 학교 숙제를 소홀히 하는 일을 만들고 싶지 않았다.

마지막으로는 선행 학습이 과한 학원도 걸렀다. 초등학생인데 미적분 진도 나간다는 우월반을 자랑하는 학원이 있었는데, 그 말을 듣는 순간 바로 아웃이었다.

나름 까다로운 잣대를 가지다 보니 갈 만한 학원이 별로 없었다. 그리하여 두 아이 다 동네 학원만 다녔다. 둘째가 다녔던 학교에는 멀리 대치동 학원까지 가는 아이들이 있었는데, 나는 당연히 안 보냈다. 못 보내기도 했고.

자기 합리화인지 모르겠지만 대체로 만족스러웠다. 아이들이 다녔던 학원들은 학생을 존중했고, 선행도 과하지 않았고, 공부에 어려움을 느끼면 적극적으로 소통하는 분위기가 있었다. 둘째는 학원에서 만났던 친구랑 지금까지도 친하게 잘 지낸다.

덕분에 나도 편했다. 학교와 학원에서 알아서 잘 가르쳐 줄 거라 믿었다. 어차피 공부의 주도권은 내가 가진 게 아니다. "오늘 얼마만큼 공부했어?" 같은 말은 당연히 한 적이 없었다. 컴퓨터를 너무 오래 한다 싶으면 "숙제는 다 했어?" 정도의 말만 가끔 했다.

수학보다 영어 학원을 고르는 게 까다로웠다. 캐나다에

서 유치원을 다녔던 둘째는 언제나 말하기에 갈증을 느꼈다. 커리큘럼에 영어 말하기 대회, 영어 토론 같은 건 있었지만, 영어로 소통하는 수업은 없어서 둘째의 욕구를 채워줄 학원은 결국 못 찾아냈다. 어쨌든 오만 가지 요구를 조율하고 타협해서 두 아이가 다닐 적당한 학원을 찾아냈다. 나중에 알고 보니 지역에서 꽤 유명한 곳이었다.

학원은 믿음직스러웠다. 선행이 과하지도 않았고, 숙제도 많지 않았다. 학원에서 추천한 영어책을 아이들이 재미있게 읽었다. 와! 역시 내가 선택을 잘했어. 나중에 커서 이 엄마의 노고를 알아주었으면 좋겠구나, 이런 생각을 할 즈음, 영어 학원에서 전화가 왔다. 큰아이의 학원 담임이었다.

"저기, ○○이가 숙제를 안 해 왔어요."

전화 너머, 학원 선생이 조심스럽게 말했다. 잠시 어리둥절했다. 중학생 아이가 숙제 안 해 온 걸 왜 나한테 말씀하시지? 이런 건 학원에서 알아서 하는 거 아닌가요?

"아! 그래요? 숙제를 못했나 보네요."

나는 이렇게 둘러댔다. 별로 할 말이 없었다. 그러자 학원 담임이 또박또박 말했다.

"한두 번이 아니에요. 이번 학기 들어서 숙제를 해 온 적이 없어요. 알고 계신가 해서요."

헉! 뭐라고요? 얼굴이 화끈거렸다. 어쩐지. 한두 번 숙제 안 해 온 걸 가지고 학부모한테 전화하진 않겠지. 그 선생님이 차마 말하지 못한 생각이 다 읽혔다.

'아무리 중학생이라지만 아이를 너무 방치하시는 거 아닌가요?'

전화를 끊고 나니 일대 혼란이 찾아왔다. 내가 그토록 너를 믿어주었건만, 아! 얘가 나를 시험하려고 드네. 원래 배신감은 믿었던 사람한테 생기는 거다. 평소 생각지도 못한 욕과 관련된 부사어가 마음속에서 들끓었다.

'얘 좀 봐라. 엄마한테 얘기도 안 하고 아주 학원에 놀러 다녔네, 놀러 다녔어. 학원 다니기 싫으면 말하라고 그만큼 얘기했건만, 엄마를 속이려 들다니.'

이런 생각을 해봤자 말로 표현하면 절대 안 된다는 걸 아니 혼자 속으로 삭였다. 아이 입장에서 따지고 보면 누가 자기를 믿으라고 했나? 자기 혼자 믿어놓고 배신이네 어쩌네 하겠지 싶었다. 맞다. 배신감은 온전히 나의 몫. 감정을 수습하고 저녁에 큰아이랑 대화를 나눴다.

내가 먼저 말을 꺼냈다. 학원에서 전화가 왔는데, 숙제를

통 안 해 온다고 하더라, 어떻게 된 거냐?

"숙제를 꼭 해야 되는 건가?"

내 눈을 똑바로 쳐다보며 아이가 말했다. 이토록 뻔뻔한 말을 천연덕스럽게 하다니. 아이를 존중하면서 키우면 이런 폐해도 생긴다.

"숙제 많이 안 내주는 학원을 고르고 골라서 그 학원을 선택한 거잖아. 최소한의 숙제도 안 할 거면 그 학원을 다닐 이유가 있을까?"

"수업은 듣잖아."

"숙제는 수업을 위한 보충이어서 내주는 거잖아. 숙제도 안 하는데, 수업을 따라갈 수 있을까? 물론 숙제를 안 해도 잘 따라갈 수도 있어. 하지만 규칙은 지켜야 한다고 생각해. 숙제 안 해도 수업 잘 따라갈 실력이면 학원 안 다녀도 잘할 수 있겠네. 안 그래?"

내 말에 아이는 잠시 생각하는 듯했다.

"그런가?"

"응. 엄마 생각은 그래. 그래서 하는 말인데, 숙제하기 싫으면 그 학원을 그만두었으면 좋겠어. 돈이 남아돌아 널 학원에 보내는 건 아니거든."

평소처럼 담담한 어투로 말했다. 감정을 실을 이유도 없었다. 아이한테 학원 다니는 걸 구걸할 이유가 있나? 다니기 싫으면 마는 거지. 억지로 다니는 학원에서 공부가 잘될 리 없다. 아이는 학원에 미련이 남은 듯 보였으나, 그만두라는 나의 단호한 태도에 마지못해 고개를 끄덕였다.

대략 30분 후 아이가 자기 방에서 나왔다. 그러더니 말했다. 학원 그만두기 싫다고, 앞으로 숙제는 꼭 하겠다고. 막상 학원을 그만두려니 불안하다고 했다. 알아서 차곡차곡 실력을 쌓을 정도로 자기가 성실하지도 않고, 실력이 출중한 것도 아니라고.

성적도 대학도 결국 자기 인생이다 싶으니 섬뜩했을 것이다.

'내키지 않으면 공부할 필요가 없다'고 했던 엄마 말이 빈말이 아니라는 걸 알아차린 아이는 이후부터는 숙제도 잘해 가고 공부도 알아서 했다. 따로 체크한 적은 없지만, 문제가 되는 전화를 받은 적도 없고 시험 결과도 좋았던 걸 보면 아마 그랬을 것이다.

사실 아이한테 '너의 인생에 연연하지 않는다'고 말하는 건 위험할 수 있다. 첫째, 엄마가 자기한테 무관심하다고 느낄 수 있다. 아이는 어른의 관심을 먹고 자란다고 한다. 둘째, 말은 이렇게 하면서 실제로는 아이 성적에 연연하는 태도를 보인다면, 아이는 능숙한 거짓말쟁이가 될 가능성이 있다.

아이의 성장에 맞춰 자기 인생의 주도권을 조금씩 넘겨주려고 했다. 학원 문제도 그 과정이었다. 그렇다고 별 갈등 없이 훌륭하게 잘해냈다는 말은 절대 아니다.

경제적으로 완전히 독립해야 성인이 된다는데, 내 아이들은 아직 뒷바라지가 필요하다. 어쨌든 손을 뻗으면 닿을 수 있는 거리에 늘 있으려고 한다. 어떤 선택을 하든 아이를 응원할 거고.

운전도 못한다고?

유대감이나 결속력이 거의 없는 모임에서 한 남자가 말했다.

"운전 못하는 사람 보면 좀 이상하지 않아? 요즘 자동차 없는 집 거의 없잖아. 수능 끝나면 운전면허 따는 거는 공식이고. 그러다 20대 초·중반쯤 되면 집에서 중고차라도 사주잖아."

이 말에 나는 그렇죠, 라고 대꾸할 뻔했다.

"운전 못하는 사람 보면 견적이 딱 나오거든. 없는 집 자식이구나! 없는 집 자식이면 아르바이트해서라도 면허를 따면 되지. 그런데 너무 어려운 환경에서 자라서 기본적인 걸 포기하는 데 익숙해진 거야. 운전 못하는 사람 보면 패배자 마인드를 장착하고 사는 거 같아."

듣다 보니 기분이 나빴다. "그건 아니지 않나요?"라고 말하고 싶었는데, 타이밍을 놓쳤다.

예전에는 타인의 말 한마디에도 파르르 분개하곤 했다. 그런데 나이가 들어가면서 누군가의 말이 칼날처럼 내 심장을 찌르는 일이 사라졌다. 타인에 대한 기대도 없어지고, 말 같지도 않은 말에 신경 쓸 에너지도 없는 건 노화의 축복인가? 하룻밤만 자고 나면 불쾌한 감정이 휘발되었다.

그런데 '운전 못하면 루저'라는 그 말은 며칠이 지나도 계속 생각났다. 뭐 그럴 수도 있지, 저런 말 할 수도 있지, 세상에 똑같은 사람만 사는 건 아니잖아? 이렇게 생각하고 넘어갈 사이즈가 아니었다. 묘하게 기분이 나빴고, 불안했고, 불쾌했다. 곰곰이 생각해보니 그 말 속에는 나의 콤플렉스를 자극하는 지뢰가 가득했다.

그렇다. 나, 장롱면허다. 캐나다 있을 때 말고는 거의 운전을 하지 않았다. 기본적인 걸 포기하는 데 익숙할 정도로 없이 자란 것도 맞다.

그런데 대중교통이 잘 발달된 나라에 살다 보니 운전 못해도 아쉬울 것이 없다. 게다가 나는 볼일이 없어도 밤 버스 타는 걸 무척 좋아하는 사람이다. 없이 자란 것도 사실이니 괜찮다. 그리고 없이 자란 게 뭐 나쁜가? 난 풍족한 환경을 경험하지 못해서, 내게 주어진 것 하나하나가 다 소중하다.

불쾌했던 지점은 내가 아니었다. '없이 자란' '자동차 없는 집 거의 없잖아' 같은 편견과 차별의 언어 때문도 아니었다. 세상은 넓고 또라이도 많다는 걸 일찌감치 깨우쳤는데, 영향력 있는 권력자가 한 발언이 아닌 이상, 이 정도 말은 웃어넘기면 그만이다. 내가 불안하고 불쾌했던 지점은 다른 데 있었다.

나의 아이들은 스무 살이 훌쩍 넘었는데도 운전면허가 없다. 그러니까 그 사람의 잣대대로라면 우리 집은 '웬만한 집'에 속하지도 못한다. 어쩌면 나의 아이들까지 없이 자랐다는 편견의 시선을 받게 될까 봐 불안했고, 불쾌했던 거 같다. 편견을 가진 사람이 잘못이라는 상식은 자식 문제로 가면 종종 무력화된다.

존중하면서 아이를 키우면 정말 피곤하다. 급박하게 결정을 내려야 할 순간에도 아이는 따져 묻는다.

"왜 그래야만 해?"

납득할 만하게 합리적으로 설명을 해줘야 한다. 그렇게 키웠고, 내 아이들은 그 태도에 길들어 있다. 자기가 납득하지 못하면 내 말을 따르지도 않는다. 환장하시겠다. 운전도 그런 경우다.

아들과 딸은 냉큼 말했다.

"운전이 꼭 필요해?"

당연한 일에도 천연덕스럽게 이런 질문을 하면 돌아버린다.

"뭐라고? 왜 필요하냐고? 음, 널 설득하려면 1박 2일이 필요한데, 감당할 수 있겠어? 그래 뭐, 평생 자동차 없이 살아!"

이런 말을 내지르고 싶었다. 면허를 딴 친구들이 많은 딸은 다른 일만 해도 바빠 죽겠으니 천천히 생각해보겠다고 했다. 군대 다녀온 뒤 세상 물정을 좀 깨달은 아들은 방학 때마다 운전면허를 따겠다고 해놓고는 계속 미루고 있다. 여기에다 남편은 당장 차를 몰지 않으면 면허 따봐야 소용없다, 천천히 따도 된다는 소리나 하고 앉았다. 이러니 나의 아이들은 편견과 차별의 시선을 받게 될 가능성이 아주 많다.

운전만이 아니다. 딸은 수영을 몇 달 하다가 그만두었다. 심지어 자전거도 잘 못 탄다. 나의 아이들은 바이올린도 안 배웠고, 발레도 안 배웠고, 검도도 안 배웠다. 피아노도

치다가 말았다. 또 뭐가 있나? 하여튼 못하는 게 너무너무 많다.

요즘 아이들은 태어나면서부터 배우는 게 너무 많다. 사는 데 필요한 것들을 배우는 건 당연하지만, 뭐랄까? 하여튼 너무 많이 배운다.

큰아이 어렸을 때, 수백만 원짜리 비싼 교구와 교재를 사서 영재교육을 시키는 집이 많았다. 어느 날 그 방문교육 선생이 우리 집까지 왔다. 책 좀 읽어주고 대강 놀면서 키울 거라는 소신이 있었던 데다 그럴 돈도 없었던 나는 영재교육을 시킬 의향이 없다고 말했다. 그랬더니 영재교육 선생이 점잖게 협박했다. 요즘에 나처럼 아이를 방치하는 엄마를 본 적이 없다고, 이렇게 키워서 나중에 아이한테 원망 들으면 어쩔 거냐고.

살짝 갈등했지만 그래도 거절했다. 나중에 피아노와 태권도 같은 건 시켰다. 수영도 시켰고, 미술 학원에 보낸 적도 있었다. 그 외에 따로 뭘 시켰는지 기억이 없다. 영어 학원은 꾸준히 보냈고, 초등학교 고학년 때부터는 수학 학원에 꾸준히 보냈다.

아이 교육에 대한 소신이 뚜렷하다고 자부했던 나도 늘 마음 한구석에서는 불안의 물결이 찰랑거렸다. 진짜 이래도 될까? 세상이 자꾸 변해가는데, 내가 괜한 고집을 부리는 건 아닐까?

다니는 학원이 일곱 개라고 말하며 한숨을 내쉬던 아이가 있었다. 지인 딸이었다. 주말에 게임 한 시간 하는 게 유일한 낙이란다. 그냥 싫은 건 싫다고 하지 그러냐고 물으니 그 아이가 또 한숨을 쉬며 이렇게 대답했다.

"다 필요한 것들이니 힘들어도 배워야죠. 괜찮아요."

나보다 어른 같았다. 안경 너머 눈빛이 반짝이던 영특한 아이였다. 뭐, 어쨌든 나는 아이에게 꼭 필요하다고 생각한 거만 시켰다. 한꺼번에 일곱 개를 시키는 거는 엄두도 안 났고, 그럴 돈도 없었다. 무엇보다 내 자식이니, 나를 조금이라도 닮았으면 그것들을 소화하지 못할 게 분명했다. 게으름을 장착하고 사는 내가 아이들 데리고 다니면서 이것저것 시킬 체력이 안 되기도 했고.

아이한테 이것저것 안 시키고 대강대강 놀며 살았던 나를 합리화해주는 이론도 많았다. 늘 무언가를 배워야 하고, 평가받아야 하고 비교당하는 처지에서는 행복해지기 어렵다고 한다. 세상의 교육학자, 심리학자가 얼마나 고마웠는지 모른다.

어떤 부모가 자식이 이 사회의 루저가 되기를 바랄까. 극

한 경쟁의 사회에 적응하려면 어쩔 수 없을 것이다. 자본주의사회만 이런 게 아니다. 조선 시대 양반이 쓴 산문을 보니 그때도 《천자문》《명심보감》《논어》《맹자》《시경》《주역》 등의 커리큘럼이 있었다. 지인 자식이 몇 살에 뭘 다 마쳤네, 어쩌네 해서 자기 속을 긁었다는 내용이었다. 조선 시대에도 이랬다니, 인간 사회의 비교질과 평가는 운명인 건가.

그렇다고 해도 노는 걸 유예하면서 배웠던 그 많은 것들이 얼마나 효율성이 있는지 모르겠다. 세상 오만 가지를 다 배워두면 언젠가는 써먹을 날이 오겠지. 그런데 전문가들은 하나같이 혼자서 방구석에서 뒹굴어보고, 벌레도 관찰하고, 계절마다 달라지는 나무도 쳐다보고, 친구들이랑 해가 빠질 때까지 노는 경험이 중요하다고 말한다. 창의력은 심심해야 생기는 거라고.

나는 없는 집에서 자라서 그냥 학교만 다녔다. 아! 내가 졸라서 학원에 다닌 적이 있기는 했다. 어쨌든 피아노도 못 배웠고, 기타도 못 배웠고, 수영도 못 배웠고, 심지어 자전거도 못 탄다. 겁이 많아서 운전도 못하고, 생각해보면 잘하는 게 없다. 그래도 사는 데 큰 지장은 없었다. 성정이 씩씩해서 패배감 같은 건 키우지도 않았다.

뭘 못 배웠다고 부모를 원망해본 적도 없다. 다만 아쉬운 거 한 가지는 사춘기에 짝사랑하던 애한테 고백을 못 했던 거다. 너 좋아해, 라고 쿨하게 말해보고 싶다. 난 안 좋아하는데? 이러면 그래? 아님 말고! 이러고 싶다.

생존 수영처럼 살아가면서 꼭 필요한 거 외에는 그냥 아이가 간절하게 배우고 싶다는 것만 가르치면 안 될까. 나의 아이들은 별거 별거 다 안 배웠어도 무난하게 대학 갔고, 그럭저럭 잘 지낸다. 속으로는 '나 왜 이런 것도 안 시켰어?'라고 원망할지 모르겠지만, 어쨌든 아이가 배우고 싶다는 걸 거절한 적은 없었다.

다만 걱정은 주변의 편견이다. 그것도 안 배웠어요? 없이 자랐나 봐요. 이런 시선을 받게 될까 봐.

조카가 재벌 자식도 다녔다는 외국인학교에 다녔는데, 거기서는 승마를 많이 배운다고 한다. 승마시키자는 제안이 들어왔는데, 언니는 거절했다고. 거기도 분명 이런 사람이 나오겠지. "어머나! 승마도 안 배웠어요? 없이 자랐나 봐요."

운전 못하는 사람은 없는 집 자식이라고 단언하던 아저씨는 알까? BTS의 RM도 운전면허가 없다고 한다. 아미(ARMY)들이 그 자리에 있었으면 그 아저씨 뒈지게 혼났을 텐데.

그런데 RM 김남준이 앞으로도 운전 안 배웠으면 좋겠다. 하긴 전용 비행기로 세계를 누빌 BTS한테 운전면허가 무슨 소용일까. 운전 못해도 우리 RM은 완전 멋지다!

아들의 꿈

아들의 꿈은 축구 선수였다. 캐나다에 가기 전에는 학교만 갔다 오면 동네 친구와 둘이서 축구를 하며 놀았다. 다른 친구들은 모두 학원에 가 있을 시간이라 같이 놀 친구는 그 친구밖에 없었다.

캐나다에 가서는 방학 중 축구 캠프에 등록했다. 남자아이, 여자아이가 골고루 참여한 캠프였는데, 축구를 할 수 있게 되자 아이는 그곳 생활에 마음을 붙이기 시작했다. 말이 캠프지, 대학교 운동장에서 두 시간 동안 아이들끼리 축구를 하게 도와주는 방식이었다. 나는 그곳까지 아이를 데려다주고 끝나면 데리고 왔다. 그런데 시간이 애매해서 아이를 데려다주고 집에 와서 조금 쉴라치면 금방 다시 데리러

가야 했다. 나중에는 대학 구내에 자동차를 주차해놓고 운동장 언덕에서 아이들이 축구하는 모습을 지켜보았다.

그러다 딸을 같은 캠프에 보낸 인도 아줌마와 인사를 하게 되었고, 캠프가 끝나는 날까지 그 아줌마와 둘이서 시간을 보냈다. 영어를 못하는 나는 일방적으로 아줌마의 요란한 수다를 들었다. 당연히 그분이 하는 말을 거의 못 알아들었다. 대강 딸 자랑, 사는 집 자랑, 가문 이야기였던 거 같다. 하여간 그 인도 아줌마는 내가 자기 말을 알아듣든 말든 지치지도 않고 자기 얘기를 늘어놓았다.

귀국해서 아이는 축구 선수의 꿈을 구체화했다. 점심시간, 방과 후 등 틈만 나면 운동장에서 축구를 했다. 그런데 경기를 여러 번 뛰다 보니 자기가 다른 아이들보다 달리기를 월등히 못한다는 걸 알게 되었다. 그것이 축구 선수로서는 치명적 단점이라는 것도 파악했다. 아들은 달리기를 잘 못해도 되는 골키퍼로 자신의 꿈을 조정했다. 국가 대표 골키퍼 이운재 선수는 아이의 영웅이었다.

축구에 대한 사랑은 거기서 끝나지 않았다. 아들은 초등학교 고학년 때부터 K리그 수원 구단 서포터스로 활동했다. 그중 한 동아리였는데, 회원 중 나이가 가장 어렸다. 연간 회원권을 끊었고, 경기가 있는 날이면 어김없이 경기장에 달려갔다. 축구를 좋아하는 아이 아빠도 함께 연간 회원권을 끊었다. 유니폼도 사들이기 시작했다.

유니폼 하나에 7만 원 정도였다. 새로운 디자인이 나올 때마다 사들인 그 유니폼들이 지금 아들 옷장에 그득 쌓여 있다. 만 원짜리 티셔츠 한 장 살 때도 골백번도 더 고민하는 내가 보기에 과한 소비였다. 일생을 허리띠 졸라매며 살아온 데다, 부자를 꿈꾸어본 적이 없던 나는 이런 경우 아이한테 어떤 태도를 취해야 할지 난감했다. 나와 정반대로 일생을 똑 부러지게 잘 살아온 큰언니한테 조언을 구했다.

"자기 용돈에서 사는 거라며? 꼬박꼬박 저축해서 자기가 좋아하는 거 사는데, 뭐가 문제지?"

음, 그렇군. 듣고 보니 맞는 말이었다. 나에게 큰언니는 정답 자판기다.

원정 경기 응원도 마다하지 않았다. 초등학생이었을 때는 보호자가 필요할 것 같아서 어린 딸을 데리고 같이 갔다. 아이 덕분에 나 역시 축구가 얼마나 재미있는 스포츠인지 알게 됐다. 추운 겨울날 서울 월드컵경기장에서 콩콩 뛰며 응원하다가 무릎에 문제가 생기기도 했다. 전주 경기 응원을 위해 전세 버스로 가던 아름다운 가을날과 경기장에서 직접 보았던 안정환 선수의 멋진 외모도 기억난다. 사족이지만, 나는 안정환 선수처럼 잘생긴 남자를 좋아하지 않는다. 그런데 경기장에서 직접 보고는 "헉!" 소리가 절로 튀어나왔다.

중학교 때 어느 날 아이가 비장한 표정으로 말했다.

"꿈이 바뀌었어. 스포츠 경영학과 갈 거야."

묻지도 않고 그러라고 했다. 골키퍼로 활동하다 보니 체력 조건이 안 된다는 걸 실감했겠지. 그 와중에 서포터스로 활동하면서 사랑하게 된 수원 구단의 경영에 참여하고 싶다는 꿈이 싹튼 거였다. 아이는 나름대로 구단 경영의 로드맵을 가지고 있었다. 부모인 우리가 할 일은 그저 물개 박수를 치는 것뿐이었다.

그뿐인가. 잘은 모르지만 스포츠 경영학의 전망이 좋아 보였다. 이대로 차근차근 인생이 진행된다면 아이는 탄탄대로를 걸을 것만 같았다.

그러다 고등학교에 진학했다. 대학 입시 준비 체제로 들어가면서 경기장에 가는 횟수도 확연히 줄었다.

아니, 거의 가지 못했다. 평일 저녁에는 야간 자율 학습을 했고, 주말에는 학원에 다녔다. 이따금 텔레비전으로 경기를 보았고, 그런 날이면 서포터스 커뮤니티에서 밤늦도록 경기를 분석했다. 학기말고사가 끝나는 날에 운 좋게 시합이 있으면 그제야 경기장으로 갔다. 그런 날 아이는 잔뜩 상기된 표정으로 집에 왔다. 그러고는 약간 쉰 목소리로 열정적으로 경기 관람 평을 늘어놓았다.

고등학생이 되면서 아들의 꿈은 사회학자로 바뀌었다. 하루 중 많은 시간을 학교에서 보내는지라 어떤 경로를 거쳐 꿈이 바뀌었는지 자세히 듣지 못했다. 축구 구단에 대한 실망과 학자로 살아가는 아빠의 영향 때문이라고 짐작할 뿐이다.

딱 한 번 기회가 있었다. 수시에는 떨어졌지만, 아이는 어느 과든 갈 수 있는 수능 성적을 얻었다. 아이 담임은 몇 번이나 경영학과에 가라고 조언했다. 학교에서 내세우기도 좋고, 아이 미래를 생각하면 그쪽이 전망이 밝을 거라는 계산이 있었겠지. 나 역시 다방면으로 아이를 꼬드겼다. 어느 과를 가든 학자의 길을 걸을 수 있다, 경영학과가 싫다면 경제학과라도 가라, 네가 공부하고 싶은 전공은 경제학과에 가서도 얼마든지 할 수 있다.

잠시 흔들리는 듯했으나 아빠랑 대화 몇 번 하더니 2학년이 되어서 기어이 사회학과로 갔다. 대학을 졸업한 후에는 또 정치학으로 전공을 바꾸었다. 순조롭게 진행된다면 아이는 석사를 마치는 대로 외국 유학을 갈 것이다.

본인은 어떻게 생각하는지 모르겠지만, 대학생이 되고 나서 아이는 조금 불행해 보였다. 아이는 세상 온갖 고민을 자처해서 짊어지고 다녔다. 아들과 나는 서로 다른 외국어를 쓰는 것처럼 말이 안 통할 때가 많았다. 그것이 보편적인 20대의 특징인지 어떤지 알 수 없다. 어쩌면 부모로부터 물려받은 기질 탓일 수도 있다. 남편과 나도 20대 시절 그랬던 거 같다.

축구를 사랑하며 자랐던 시절, 아이는 늘 행복했다. 세상에는 신나는 일이 가득했고, 장밋빛 미래가 펼쳐질 거 같았다. 가끔 생각한다. 골키퍼가 되고 싶다고 했을 때 아이를 축구 교실에라도 보냈으면, 스포츠 경영학을 전공한다고 했을 때, 그 분야 책도 구해주고, 전문가 강연도 들으러 다니고, 구단 견학이라도 같이 갔으면, 어쨌든 적극적으로 노력했으면, 아이의 인생이 달라졌을까?

영영 알 수 없다. 가보지 않은 인생을 어찌 알까. 하긴 스포츠 경영학을 전공한다고 해도 축구가 인생의 전부였던 그 시절로 다시는 돌아갈 수 없을 것이다. 우리는 환멸을 통해 성장한다. 행복한 일만 가득한 20대는 잘 상상이 되지 않는다. 나도 그랬다. 춤추는 걸 좋아해서 대학만 가면 디스코텍에서 살 줄 알았는데, 어찌어찌 다른 방향으로 인생이 진행되어 평생 디스코텍에는 딱 한 번 가봤다.

성인이 되면 자연스럽게 알게 된다. 인생이 고행이라는 걸. 그렇다 해도 고행뿐인 인생이 있을까. 우리는 각자 알아서 행복을 찾아낸다.

심리학자들이 그러는데, 성인이 되어서도 마음의 평화와 행복을 찾아내는 힘은 어릴 적 받은 사랑과 즐거웠던 기억에서 나온다고 한다. 그렇겠지. 그 기억이 켜켜이 쌓여 마음 근육을 만들어낼 것이다. 그리하여 지금 불안이 그림자처럼 따라다니는 청춘의 시련을 겪는 중이라도 자식을 믿을 수밖에 없다. 잘 이겨낼 거라고, 그 과정에서 더 단단해질 거라고.

다만 부모로서 할 일은 그저 응원뿐. 그리고 기도.

엄마의 훈육 방식

어릴 때는 밥 먹을 때와 잠잘 때 빼고는 종일 밖에서 놀았다. 사는 게 마냥 행복했던 시절이다. 실컷 놀다가 해가 빠질 때쯤 어김없이 들리는 소리가 있었다.

"영미야! 밥 먹어라!"

행여 내가 저녁도 안 먹고 놀까 봐서 엄마 목소리는 기차 화통 삶아 먹은 수준이었다. 동네방네 다 들리게 내 이름을 불러서인지 우리 집은 오랫동안 '영미네 집'으로 통했다. 어른이 되어서 종종 본가에 갔는데, 하루는 누군가 초인종을 눌러서 나가보니 동네 꼬마가 문 앞에 서 있었다.

"영미네 엄마 계세요? 우리 엄마가 이거 갖다 드리래요."

참나, 얘야, 내가 영미다, 영미! 고등학교 졸업하자마자 결혼했으면 너 같은 딸이 있었을 거야. 꼬마한테 이런 말을 하고 싶었지만 웃고 말았다.

사춘기 시절에도 집에 붙어 있던 적이 없었다. 놀 친구가 없어도 학교만 갔다 오면 밖으로 나갔다. 놀거리, 재밋거리를 찾아다니던 어릴 때와는 사뭇 다른 이유가 있었다. 뭐랄까, 바깥세상이 나를 뜨겁게 유혹하는 거 같았다. 무작정 싸돌아다니다 보면 끓어오르던 심장이 차분해졌다.

부지런히 돌아다닌 결과 지금도 훤하게 내가 살던 작은 도시를 생생하게 그려낼 수 있다. 서점과 문방구, 학원 건물이 있던 대로(어린 내가 보기에 분명 대로다!)와 큰언니 친구네 집이 운영하던 식료품 가게, 소방서 뒷골목, 삼거리 일본식 가옥, 그리고 그 옆 중학교 동창네 이층집.

그때 무얼 찾아서 그렇게 돌아다녔을까. 짝사랑 남자아이를 우연이라도 보고 싶었나? 아니면 하이틴 로맨스 소설에 나오는 온갖 극적인 장면을 꿈꾸었나? 대강 그랬을 것이다. 어쨌든 사춘기 미친 듯 뛰는 심장을 집 안에 가둘 수는 없었다.

그래도 선은 지켰다. 남학생들과 강가에서 올나이트(이런 용어를 썼다)를 했다는 우리 반 아이가 엄청 부러웠지만, 나로서는 꿈도 못 꿀 일이라는 걸 잘 알았다. 담배 피우는 거,

술 마시는 것도 마찬가지. 그냥 부모가 정해준 바운더리, 교칙이 정한 범위 내에서만 날뛰었다. 늘 일탈을 꿈꾸었지만. 그 결과로 엄마가 받게 될 상처를 생각하면 도저히 행동에 나설 수는 없었다.

문제는 부모가 정한 그 바운더리였다. 나는 엄마가 심하게 과잉보호를 한다고 느꼈다. 친구랑 놀 때도 귀가 시간을 걱정하는 건 나뿐이었다. 나만 느끼는 게 아니고, 언니들 생각도 같았다. 해가 저물면 엄마는 늘 골목까지 나와서 우리를 기다렸다. 그러고는 우리를 째려보면서 했던 말.

"자알한다. 자알해. 지금 몇 시야?"

엄마의 과보호는 소문이 좀 났던 거 같다. 어른이 되어 수십 년 만에 통화한 고향 친구도 비슷한 말을 했다.

"너희 엄마가 널 귀하게 키웠지."

내가 귀하게 컸다고? 어딜 봐서? 전혀 아니다. 나는 그냥 막 자랐다. 고향 친구는 엄마의 과잉보호를 에둘러 표현한 거였다.

그러니 얼마나 숨 막혔을까. 엄마 말을 잘 듣고 싶어도 용광로처럼 들끓던 심장은 통제가 잘 안되었다. 친구랑 놀다 보면 밤샘도 하고 싶고, 몰래 영화도 보고 싶었다. 다른 친구들은 모범생인데도 잘만 노는데, 왜 우리 집만 유난이냐고 따진 적도 있었다. 엄마 대답은 한결같았다.

"네가 세상이 얼마나 무서운지 몰라서 그래."

지금 생각하면 충분히 이해하지만, 당시에는 엄마의 그 말이 조금 웃겼다.

"아무도 날 거들떠도 안 보니까 걱정 안 해도 돼."

이렇게 반항해봤자 엄마는 꿈쩍도 안 했다.

어느 겨울이었다. 방학을 해서 서울로 전학 간 친구가 왔다. 얼마나 보고 싶던 친구였나. 우리는 날마다 만났다.

그때 어울리던 무리 중에 남학생들도 있었다. 다들 모범생이어서 엄마도 그렇게 만나는 걸 허락했다. 다만 귀가 시간에 대해서는 엄격했다.

그런데 귀가 시간을 지키기가 어디 쉬운가. 마음 같아서는 3박 4일이라도 같이 놀고 싶었다. 별 시답잖은 농담만 해도 즐거웠고, 매일이 행복했다.

귀가 시간이 다가왔지만 도저히 집에 가겠다는 말이 안 나오던 어느 날이었다. 공중전화로 집에 전화를 걸었다. 몇 시간만 더 놀다 가겠다고. 엄마가 싸늘하게 한 시간만 더 노는 걸 허락했지만 나는 그 한 시간도 훌쩍 넘기고 말았다. 에라 모르겠다. 그냥 그 친구들과 영원히 놀고 싶었다. 결국 우리가 놀던 빵집 근처에 살던 다른 친구의 엄마가 찾으러 와서, 우리는 9시가 넘어서 헤어졌다.

집으로 가던 내내 가슴이 콩닥콩닥 뛰었다.

'집에 가면 맞아 죽겠지?'

라는 건 과장이고, 어쨌든 너무나 겁이 나고 무서웠다. 행실 나쁘다는 소문 들리면 그 즉시 호적 파서 내보내겠다고 으름장 놓던 아버지 얼굴도 떠올랐다. 동네 골목 어귀에 들어설 때쯤에는 간이 거의 다 졸아들어서 추운 줄도 몰랐다.

아니나 다를까 저쪽 전봇대 옆에서 엄마가 기다리고 있었다. 죽었구나! 최소한 등짝은 맞을 각오로 엄마한테 다가갔다.

"이렇게 늦을 거면 전화로 말하지 그랬어."

엄마 목소리가 다정했다. 그러고는 나를 안아주었다. 얼마나 밖에서 서성였는지 엄마 몸이 차가웠다. 어른이 되어서야 엄마 마음을 이해했다. 마음 졸이다 무사히 귀가했으니 '됐다!' 이 심정이었겠지. 아! 엄마한테 혼나면 뭐라고 반항할 생각도 했었는데. 눈물이 핑 돌았다. 엄마한테 미안했다. 잘못했다고 말하고 싶은데 그 말을 할 줄도 몰랐다.

생각해보니 엄마는 늘 그랬다. 잔소리는 좀 하는데 웬만하면 혼내지 않았다. 당연히 매도 들지 않았다. 나에게는 혼나는 것보다 더 효과적이었다. 엄마의 관대한 태도 덕분에 나는 절제를 배웠고, 이후에는 약속을 중요하게 여기는 사람이 되었다.

엄마의 훈육 방식을 나도 배웠다. 나는 아이들을 거의 혼내지 않고 키웠다. 실수를 하거나 잘못을 해도 웬만해서는 화도 안 내고 야단도 안 쳤다. 대신 감정이 수습되면 "이건 이렇지 않니?" 혹은 "그때 잘못해서 너도 겁이 났겠구나"라는 식으로 말했다.

게다가 자라면서 엄마의 잔소리가 싫었던 나는 아이들에게 잔소리도 안 했다. 방구석을 돼지우리로 해놓든 말든, 일요일에 뒹굴며 게임만 해도 대체로 내버려 두었다. 게임 시간만 지키면 그만이었다. 가끔 속이 터져 죽을 거 같으면 한 마디 했다.

"내일 시험이라며 괜찮겠어?"

이런 양육 태도를 보인 결과, 아이들이 대학은 무난하게 갔는데, 생활 태도는 여전히 엉망이다. 아들은 군대 다녀온 뒤 좀 나아졌는데, 딸은 음, 뭐라고 말을 할 수 있는 수준이 아니다. 방은 늘 개판이고, 딸은 지나간 자리마다 폭탄 맞은 듯 흔적을 남긴다. 가끔 방을 치워주지만, 잔소리를 해본 적이 없어서 뭐라고 말해야 할지 모르겠다. 딸아이도 가끔 기분 내키면 자기 방을 싹 치우기는 한다. 하긴 내 딸이니 정리 정돈을 잘할 가능성이 별로 없다. 이런 엄마를 만난 자기 팔자다. 젠장.

아이 잠 깨우기

"안녕하세요, 안녕하십니까, 인사를 나눕시다, 명랑하게 일 년은 삼백육십오 일."

어릴 때는 이 노래를 들으며 깼다. 라디오 연속극 주제곡이었는데, 아버지는 내가 깨야 할 시간에 딱 맞춰 라디오 볼륨을 높였다. 된장찌개 냄새, 문풍지 사이로 스며드는 아침 공기와 더불어 이 노래가 말랑말랑하고 따뜻하게 기억되는 걸 보면 잠에서 깨는 게 좋았던 듯하다. 어린이였을 때 나는 잠자는 것보다는 뽀로로처럼 노는 게 제일 좋았다. 아무 생각 없이 잘 노니 밤에 잠도 잘 잤다.

그러다 중학생이 되면서 문제가 생겼다. 잠을 설치는 날이 많아졌다. 공부 때문에? 그런 일은 절대 없었으니 패스하시겠다. 뭐냐 하면 내가 짝사랑을 하게 된 것이다.

연애하면 퇴학시킨다는 소리를 매일같이 듣던 시절이었다. 실제로 내가 다니던 중학교에서 정학당한 선배들이 있었는데, 남학생과 교제했기 때문이라는 소문이 돌았다. 지금 생각해보면 뭐 그런 일 가지고? 싶겠지만, 뭐 그런 일 가지고 혼나고 벌받는 일이 비일비재했다. 그렇다고 짝사랑은 봐주느냐 하면 그것도 아니었다. 좋아하는 아이가 생겼다고 말하면 당장 이런 반응이 돌아왔다.

"허파에 바람 들었네. 정신 차려!"

누군가를 좋아하는 일이 정신 차릴 일인가? 불륜도 아닌데? 허파에 바람이 들었다고 비난한들 어쩌란 말인가. 이팔청춘 뜨거운 본성이 억압한다고 냉각될 것도 아닌데. 그렇지만 학교에 가면 해맑은 척, 평범한 척, 모범생인 척 연기해야 했다.

그러다 모두가 잠든 밤이 되면 억눌려 있던 진짜 내가 깨어났다. 바람직한 모범생을 연기하지 않아도 되고 마음 놓고 그 아이를 그리워해도 되는 시간, 내가 만든 세상이 펼쳐졌다. 그 세상의 주인은 그 아이와 나. 우리는 행복만 가득한 꽃밭에서 춤을 추었다

꿈같은 밤이 영원히 이어지면 좋겠지만, 세상은 낮을 중

심으로 굴러간다. 환한 세상에서 버티지 못하는 자는 패배자 1순위 번호표를 받은 거나 마찬가지다. 그러니 잠은 자야 했고, 주로 새벽에 잠들었던 나에게는 아침이 지옥 같았다.

중학교에 들어가면서부터는 라디오 노래 대신 엄마가 나를 깨웠다. 잠들 만하면 들리는 엄마 목소리.

"얼른얼른 일어나. 밥 먹고 학교 가야지."

'얼른얼른'이라는 말이 빠진 적이 없었다. 내가 행동이 느려터졌었나? 그런 것도 아니었는데, '빨리빨리' '얼른얼른'은 나의 행동과 상관없이 따라다니던 부사어였다. 아무튼 엄마의 목소리는 포로수용소의 나팔 소리만큼 끔찍했다.

그때 생각했다. 얼른얼른 자라서 어른이 되면 2박 3일 동안 원 없이 잠만 자야지. 누구도 내 잠을 방해하지 않는 인생을 살아야지.

몇 년 지나지 않아 그 소원을 이뤘다. 고향을 떠난 이후 취침, 식사 같은 일상이 최소한의 규칙성도 없이 그냥 다 무너졌으니까. 생활이 엉망이었다. 17시간을 내리 잔 적도 있었다. 며칠 밤을 새운 후였을 것이다. 길게 잤는데, 깊은 잠은 아니었던 거 같다. 잠이 깬 후 허탈하고 쓸쓸하고 우울했던 기분이 지금도 기억난다.

넘치는 자유를 방종으로 소비한 결과 약간의 교훈을 얻었다. 역시 사람은 생산적인 일을 하며 살아야 한다는 것. 노는 것도 일을 한 다음이라야 즐겁다.

요즘도 하루에 생산적인 일, 예컨대 책을 읽는다거나, 글을 쓴다거나, 냉장고 청소를 한다거나, 아무튼 약간이라도 일을 하지 않으면 밤에 잠을 잘 못 잔다. 잉여인간이 되지 않으려는 몸부림인가. 아니면 나의 정체성을 소비자로만 국한시키지 않겠다는 이상한 강박관념일 수도 있다. 하여간 깊은 잠을 자려면 알찬 하루를 보내야 한다. 젠장.

또 하나의 교훈은 잠을 깨는 방식에 관한 거다. 방종의 나날 동안 나의 잠을 깨운 건 알람 시계였다. 알람 시계도 단잠을 싹둑 끊어내는 건 마찬가지였다. 느닷없이 잠을 깨우면 짜증 나는 것도 같았다. 다만 기계는 당장 일어나라고 날 종용하지 않았다. 소리가 시끄러우면 알람을 끄면 되었다. 그런 다음 가능한 시간에 다시 알람을 맞추고 남은 잠을 마저 자면 만사 오케이였다.

잠에 대한 통제권을 가지니 짜증 없이 알람 소리를 들을 수 있는 경지에 이르렀다. 요즘은 알람을 15분 단위로 맞춰 놓는다. 대부분은 첫 알람 소리에 잠이 깨지만, 가수면 상태로 이불 속에서 버틴다. 서서히 의식이 깨면 머리맡에 놓아

둔 휴대폰으로 스케줄을 체크하고, 스트레칭도 한다. 30분 정도 이렇게 여유를 부리다가 일어나면 머리도 맑고 제법 빠릿빠릿하게 아침을 시작할 수 있다.

"발딱 일어나!"

나는 이런 말을 하는 사람을 좋아해본 적이 없다. 심지어 드라마 대사로 나와도 싫다. 우리가 군인도 아닌데, 이런 말은 듣기 싫다. 요즘은 학교에서도 예비 종을 치는데, 알람도 그렇게 하면 안 될까?

수면 상태에서 의식이 돌아오기까지 유예 시간이 필요하다는 생각을 해왔기 때문에 아이들을 깨우는 데도 몇 번이나 방에 들락거렸다. 다음 날 몇 시에 일어날지 아이랑 합의한 뒤, 그 시간에 아이 방에 들어가 조용히 잠을 깨웠다.

"7시야. 10분 후에 다시 깨우러 올게."

이렇게 속삭이면 가수면 상태의 아이는 대강 알았다는 신호를 보냈다. 10분 후에 다시 깨우러 가면 금방 일어날 때도 있고, 10분 연장, 어떨 때는 30분 연장, 이런 과정을 서너 번씩 거친 뒤에야 아이는 침대에서 일어났다.

그래서인지 잠을 깨울 때 아이가 신경질을 낸 적이 없었다. 늘 즐겁기만 한 학교생활이 아니다 보니, 짜증으로 하루를 시작하지 않아도 되는 것만 해도 다행 아닌가. 큰아이는 심지어 수능 날에도 '10분 더'를 세 번이나 연장한 뒤에야 깼다. 그리고 수능 고사장으로 가는 자동차에서도 아이는 남은 잠을 더 잤다.

"강철 멘탈이네."

코까지 골면서 자는 아이를 보며 아이 아빠가 이런 말을 했다. 이런 배짱은 누굴 닮았는지 모르겠다.

2장

사촌기라는 끝없는 우주

엄마가 되면 달라지는 세상

큰아이가 어렸을 때니 오래전 일이다. 아이를 데리고 친정에 갔다가 부모님이랑 식당에 가게 되었다. 폭우가 내리는 날이어서 택시를 타고 갔다. 조금 늦게 간지라 버섯전골 전문 식당에는 손님이 많지 않았다.

늘 그렇듯 아이를 데리고 가면 식사 시간이 길어진다. 아이 밥 먹이랴, 흘리는 반찬 닦아가며 먹다 보면 밥이 입으로 들어가는지 코로 들어가는지 모를 정도다. 정신없는 시간을 보낸 뒤 식사를 끝내고 나왔을 때는 식당에 남은 손님은 우리밖에 없었다. 주인이 택시를 불러주었다. 그 집은 아버지의 오랜 단골이었다.

이윽고 택시가 도착했고, 나는 아이 짐 가방과 우산을 챙겨 택시를 탔다. 운전석 옆자리에는 아버지가 앉았고, 엄마와 나는 아이와 함께 뒷좌석에 탔다. 택시에 타자마자 아이는 잠들었다. 택시에서 내릴 때에는 나는 아이를 안고, 가방을 챙긴 엄마가 나에게 우산을 씌워주었다.

다음 날이 되어서야 우산이 바뀌었다는 걸 알았다. 원래 식당에 들고 갔던 우산은 내 거였다. 친정에 갔던 그 무렵은 장마철이었다. 내 우산은 그저 그런 디자인의 검정 우산이었는데, 바뀐 우산은 우산대도 튼튼해 보였고, 손잡이도 비싸 보였다. 우산이 바뀐 거 같다고 하자, 엄마가 말했다.

"아이고, 내가 우산을 들고 있으면서도 몰랐네. 내가 눈썰미가 이렇게 없다."

엄마는 당장 식당에 전화를 걸었다. 잠시 후 전화를 끊은 엄마가 말했다.

"아무 연락이 없었다네. 네 우산 들고 간 사람은 아직 모르나 보다. 나중에 우산 바뀐 거 알면 얼마나 속상할꼬?"

엄마는 거기서 끝나지 않았다. 잘못 들고 온 남의 우산을 식당에 갖다주었다. 나중에 주인이 찾으러 오면 주라고.

"내 우산은? 내 우산도 찾아야 하잖아. 내 우산은 돌려받지 않고 덜컥 그 우산부터 갖다주면 어떡해?"

나는 엄마한테 괜히 화를 냈다. 아니, 엄마가 언제부터 이렇게 이타적인 분이었나 싶은 생각이 들었다.

아이를 데리고 다시 집에 오던 날도 비가 내렸다. 나는 친정집 우산을 들고 왔는데, 무슨 모임 로고가 큼지막하게 박힌 우산이었다. 들고 다니기에 조금 창피했다. 나중에 물었다. 내 우산 혹시 찾았느냐고.

"아니. 우산 주인이 부자인갑다. 그 좋은 우산을 찾을 생각도 안 하고."

엄마가 속 편하게 말했다. 이해가 안 갔다. 우산이 찢어지고 살이 부러져도, 고치고 또 고치고, 마르고 닳도록 우산 하나로 버티던 엄마가 할 소리가 아니었다.

"그러니까 그 우산 괜히 갖다준 거잖아. 뭐 하러 갖다줘? 우산 바뀐 걸 알면 어련히 찾아올 거고, 그때 내 우산이랑 교환하면 되는 거였잖아."

내가 툴툴대자 엄마가 진지한 목소리로 말했다.

"남한테 피해주는 거보다는 손해 좀 보는 게 낫다. 다른 사람한테 피해주면 안 돼. 자식 키우는 사람은."

그랬구나. 그러고 보니 엄마는 내가 아이를 낳은 후 많이 변했다. 엄마는 내가 당신 딸이 아니라 아이를 양육하는 엄마로 대했다. 엄마와 나의 관계도 서서히 변해갔다. 엄마가 내게 하는 충고나 조언은 거의 내가 좋은 양육자가 되게 하기 위한 것들이었다. 그렇다고 엄마의 의견을 내가 다 받아들이는 건 아니지만, 엄마의 자세는 많이 배웠다.

얼마 전에도 몸소 손해를 실천한 일이 있었다. 음식점에서 식사 후에 보리굴비를 좋아하는 시어머니를 위해 여러 마리 포장해 왔다. 그런데 나중에 카드 내역을 보니 포장한 보리굴비 내역이 빠져 있었다. 그날따라 그 집에 손님이 좀 많아서 계산대에 있는 분이 정신이 없었던 거 같다. 3초 정도 갈등했다.

'이건 내 잘못이 아니잖아. 식당에서 실수한 건데, 잠깐 눈 감으면 10만 원이 생기는데, 참아볼까?'

하다가 결국 10초를 못 참고 식당에 전화를 걸어 사정을 말했다. 이런 일이 처음이라고 말하던 식당 주인은 계좌 번호를 문자로 보내준 뒤 다음에 오면 잘해주겠다고 했다.

자주 가는 음식점이라 다음에 갈 때 꼭 생색내야지 싶었다. 그러다 그다음에 갔을 때는 까먹어서 말 못했고, 대략 6개월이 지난 뒤에 갑자기 생각나서 말했다. 내가 그때 돈을 보냈던 사람이라고. 그랬더니 주인은 "아! 그랬군요"라고 말했다. 하긴 미리 얘기했으면 반찬이라도 하나 더 줬겠지만 계산 다 하고 나올 때 말했으니 주인이 뭘 잘해줄 것도 없는 상황이었다. 그런데 생각해보면 반찬 하나와는 비교도 안 되는 더 큰 걸 얻었다. 부모가 정직하게 살면 자식이 복받는다는 고릿적 격언이 알게 모르게 내면화된 거 같다. 이런 손해는 도덕적인 당당함, 떳떳함으로 되돌아왔다. 덕분에 마음의 평화도 얻었고, 자식 걱정이 덜어진 느낌이랄까.

이거 말고도 엄마가 된 뒤 나의 생활은 혁명적으로 바뀌었다. 아이 중심으로 살다 보니 친구 만나는 것도 어려워지고, 마음 놓고 술도 마실 수 없게 되었다.

자기가 서 있는 위치에 따라 세상의 풍경도 달라진다. 엄마가 되기 전에는 세상 모든 진보 담론이 다 내 것이었다. 나는 세계를 향해 열린 사람이었고, 파격적인 발언을 할 때면 내가 역사의 중심에 선 기분이었다.

그런데 엄마가 되면서 방어적으로 바뀌었다. 아이를 지키는 입장이 되고 보니, 어떤 이슈는 공격으로 느껴졌다. 전에는 거들떠도 안 보던 보수적인 가치를 하나둘씩 내 것으로 받아들이기 시작했다.

가끔 만나는 옛 친구들이 말했다. 네가 이렇게 변할 줄 몰랐다고. 사실 나도 이렇게 될 줄 몰랐다. 뭔가 평범한 엄마와 다른 엄마인 나의 모습을 상상했다. 그런데 지극히 평범한 엄마가 되었다. 이렇게 된 이유는 단 한 가지다. 나는 아이한테 '최고의 엄마'가 되고 싶었다. 그러다 보니 여기까지 왔다. 그리고 알게 되었다. 세상 모든 엄마들이 이런 길을 걸어 여기까지 왔다는 걸. 그래서 세상의 엄마들은 서로서로 비슷해진다는 걸.

당연한 말이지만, 그렇다고 내가 최고의 엄마라는 건 아니다. 너무나 부족하고 모자라고 때로는 형편없다. 그럼에도 엄마라는 게 좋았다.

영화나 드라마, 소설 등에서 보면, 나이가 들어서도 '누구의 엄마'보다 본인의 이름으로 불리길 원한다는 이야기가 많이 나온다. 나도 그랬던 거 같다. 오랫동안 '누구의 엄마'로 불리다가 작가라는 호칭이 자연스러운 요즘에서야 알게 되었다. 내가 작가라는 명함보다 누구 엄마라는 호칭을 더 좋아한다는 걸. 왜 그러냐고 따지지 마시길. 그냥 내 아이들의 엄마로 살아온 세월이 좋았다. 아이들이 있어서 내 인생은 비로소 완성되고 풍요해졌다.

그리하여 나에게 세상에서 제일 좋은 단어는 '엄마'다. 사랑보다 더 깊고, 넓고, 숭고한 각자의 고유명사 같은 것.

그런데 종종 타인에게 엄마 소리를 듣는다. 정확히 말하자면, 엄마가 아니라 어머니로.

고지혈증 치료 약을 몇 년째 복용 중인데, 약을 타러 가는 동네 의원이 거의 병원급이다. 심지어 건강검진도 하는 곳인데, 대기표를 받아도 한참 기다려야 진료를 받을 수 있다. 그곳의 의사(다른 의사는 모르겠고, 나의 주치의)는 나에게 이렇게 말한다.

"어머니가 지금 수치가 이 정도인데, 이건 음식과 운동으로 조절할 수 있는 범위를 넘었어요."

이런 말을 들으면 당장 "제가요? 제가 왜 댁의 어머니인가요? 나랑 나이가 몇 살 차이 안 나겠구만." 이 말이 튀어나오려고 한다. 정작 중요한 뒷얘기는 들리지도 않을 정도다. 간호사들도 마찬가지.

"어머니! 처방전 나왔어요."

"황영미 님 처방전 나왔어요." 이렇게 말하면 벌금이라도 내야 하나? 내가 왜 자기들 어머니지?

처음에는 내가 나이보다 늙어 보여 그런가 싶었다. 그런데 지켜보니 그곳의 의료진은 대략 마흔만 넘으면 아무한테나 어머니 소리를 해댔다. 한번은 내가 정색을 하고 말했다.

"어머니라고 하지 마세요. 제가 선생님의 어머니가 아니잖아요."

그랬더니 나에게 처방전을 주던 간호사가 이렇게 대답했다.

"알겠습니다, 어머니!"

간호사랑 나는 서로를 바라보며 웃었다. 노인 환자가 많다 보니 어머니, 아버님이 입에 배었다고 변명했다.

이후에는 포기했다. 나를 어머니로 부르든 말든.

잘 들여다보면 우리 모국어에는 다양한 호칭이 있다. 이 많은 호칭을 놔두고 굳이 전 국민을 친족으로 만드는 어머니란 호칭은 여전히 불편하고 싫다. 나는 나의 아이들한테만 엄마로 불리고 싶다.

올빼미 종족

한 동네에 오래 살다 보니 인사하고 지내는 이웃이 꽤 생겼다. 미장원에서 몇 번, 마트에서도 몇 번 마주치던 동네 분이 있었는데, 이분을 약국에서 우연히 만났다.

"애가 잠을 안 자는데, 무슨 영양제를 먹여야 되죠?"

나를 알아본 이웃 여자가 다짜고짜 말을 걸었다. 이런 경우, 철벽이 생활화된 나는 당연히 요런 대꾸를 해야 마땅하다. "제가 어떻게 알겠어요? 약사님한테 물어보세요."

불면의 고통을 잘 아는 나는 이렇게 되묻고 말았다.

"그러게요. 마그네슘이 좋다고들 하는데, 그런데 애가 몇 학년이에요?"

"중학교 3학년이요. 원래 시험 때만 되면 잠을 못 잤거든요. 그런데 요즘은 시험 기간이 아닌데도 저래요. 사춘기여서 그런가? 속상해 죽겠어요."

"아휴, 걱정이네요."

"애가 배 속에 있을 때부터 그랬어요. 사소한 움직임에도 금방 반응하더라고요. 먹는 것도 깨작깨작. 제가 사랑을 듬뿍 줬죠. 예민한 아이는 그렇게 해야 된대요. 그래서 무던하게 잘 키웠나 보다 싶었는데, 애가 사춘기 되니까 저러네요. 타고난 기질은 어쩔 수 없나 봐요."

이분 심정을 내가 왜 모를까? 절대 남 얘기가 아니다.

나는 내가 예민한 사람인 줄 몰랐다. 깨작깨작 먹는 거? 이런 일은 내 사전에 없다. 삼겹살 2인분을 그 자리에서 먹어치운 뒤, 후식으로 비빔냉면을 먹어주는 식성을 가졌으니까. 눈치가 더럽게 없다는 소리도 많이 들었다.

그런데 어른이 된 뒤에야 알았다. '당신이 매우 예민하다는 징후 12가지' 같은 글을 읽으면 딱 내 얘기였다. 나의 미간 주름이 하루아침에 생긴 게 아니었다. 나중에 정신과 의사가 쓴 어떤 글에 보니 예민함은 타고나기도 하고 성장 과정에서 생길 수도 있다고 한다. 나는 후자에 해당되는 거 같다.

'밤을 밝히는 도서관의 불빛.'

고등학교 때 어느 책에서 읽은 구절이다. 사춘기 이후 감정 기복이 심하고 멘탈이 늘 불안정했던 나에게 이 문장이 심장에 와서 박혔다. 결심했다.

'아! 나도 더 이상 쓸쓸하고 공허한 감정을 길바닥에 흘리고 다니는 짓은 하지 않겠다. 미래를 위해 밤을 밝히는 저 열정은 얼마나 아름다운가. 나도 밤낮없이 공부에 매진해야겠다.'

아마도 이런 내용을 일기에 썼을 텐데, 짐작하다시피 이 결심을 실행한 건 딱 하루였다. 절반은 실천했다. 이후 나는 '도서관' 말고 '밤을 밝히는'에 방점을 찍은 인생을 살아왔다.

밤에 잠을 안 자니 지각은 필수, 학교에서도 졸기 일쑤였다. 나에 대해 잘 모르면서 질투만 많은 어떤 아이는 내가 밤샘 공부를 해서 저러는 거라고 쑥덕였다.

"밤새 고스톱 쳤나? 저렇게 쿨쿨 자기 쉽지 않은데."

미술 선생은 나를 보고 고개를 절레절레 흔들며 이런 말도 했다고 한다.

이후로도 올빼미 생활은 계속되었다. 낮에는 골골하다가

일몰 무렵이면 뇌가 활성화되니, 이건 드라큘라가 이웃사촌 맺자고 할 수준이었다. 대학 다닐 때는 반쯤은 룸펜 생활이 가능했던 시절이니 그렇다 쳐도, 이후 직장 다닐 때는 고역이 이만저만이 아니었다. 그래도 생활 리듬이 고쳐지지 않았다.

그러다 아이를 낳고, 아이가 유치원에 다니기 시작하면서 서서히 낮 생활에 적응했다. 둘째를 낳고부터는 올빼미 생활을 완전히 청산했다.

겪어보니 밤낮이 뒤바뀐 생활을 하는 데 장점이 얼마나 있을지 모르겠다. 대체 일개 시민이 무슨 세상의 고민을 혼자 짊어지겠다고 그랬을까 싶다, 라고 말한다면 세상의 모든 올빼미 종족한테 몰매 맞겠지.

남편도 심각한 올빼미 종족이었다. 이 사람은 대학 입학 이후 군대 생활할 때 빼고는 밤낮이 뒤바뀐 생활을 꽤 오랫동안 해왔다. 출퇴근 시간이 자유로운 직장이니 습관을 고칠 생각을 아예 안 했다. 그러다가 우리가 이사를 하면서 바뀌었다. 중학생이던 첫째가 전학을 안 가겠다고 해서, 아이를 등교시켜주느라 남편은 강제로 올빼미에서 빠져나왔다.

더 큰 문제는 나의 아이들이다. 얘들도 올빼미다. 둘 다 오후에 기상하는 일이 많은데, 옆에서 보면 속이 터진다.

어릴 때는 안 그랬다. 행여 아이들이 나를 닮을까 봐 낮에는 신나는 일을 만들고, 잠이 들 때는 책을 읽어주거나 동화 테이프를 틀어놓았다. 다행히 두 아이 다 잘 놀고, 잘 먹고, 잘 잤다. 사춘기가 되기 전까지는.

내가 그랬던 것처럼 우리 아이들도 사춘기 이후로는 예민한 근성을 드러내기 시작했다. 이 지랄 맞은 유전자의 힘이라니, 환장하겠다. 그런데 방법이 없다. 자기들도 말로는 생활 리듬을 바꾸겠다고 하는데, 대체 그 말이 현실이 될 날이 언제쯤 올까?

변명을 하자면, 예술가 중에 올빼미가 많다고 한다. 하긴 남들이 다 자는 밤에 깨어 있으니 남들이 보지 못하는 세계가 보이겠지. 초록이라는 단어 안에 연두도 있고, 햇빛을 받으면 생동감이 느껴지는 짙은 초록이 있다는 걸 알아차리는 거고. 그렇다 해도 세상이 낮을 중심으로 굴러가니 올빼미 생활은 그만 청산했으면 좋겠다.

밤의 세계 시민으로 살아온 시절이 길다 보니, 나랑 완전히 다른 친구를 오랫동안 부러워했다. 이 친구는 등만 대면 1분 안에 잠이 드는 놀라운 능력을 가졌다.

친구의 능력을 처음 발견한 건, 중학교 때 여러 친구들과 파자마 파티를 할 때였다. 물론 그 시절에는 파자마 파티 같은 용어는 몰랐다.

친구들과 첫 밤샘이니 다들 얼마나 흥분했겠는가. 1초 단위로 까르르 웃고, 떠들며 밤을 밝히는 와중에 그 친구가 슬며시 구석에 가서 누웠다.

"잘 거야?"

우리가 물었다. 아니, 이 축제의 날에 잠을 잔다고?

"아니, 안 자. 그냥 좀 피곤해서."

뭐, 그럴 수도 있지. 우리가 오페라 관람하러 온 것도 아닌데, 앉아 있든 서 있든 누워 있든 무슨 상관인가. 그런데 몇 초 후, 쌕쌕하고 가늘게 코 고는 소리가 났다. 진짜 몇 초 후였다.

"쟤, 잔다. 너, 벌써 자?"

우리가 물었다.

"안 자. 다 듣고 있어."

친구는 잠이 덕지덕지 묻은 목소리로 대꾸했다. 그러고는 벽 쪽으로 돌아누웠다. 본격적으로 잠을 잘 태세였다.

수다를 떠는 와중에 몇 번이나 물었다. "너, 자는 거지?" 그때마다 꼬박꼬박 "안 자, 다 듣고 있어"라고 대답하던 친구는 자정이 지나자 코까지 골며 깊은 잠에 빠졌다. 이후에도 이 친구를 비롯해서 고향 친구들과 같이 자는 일이 많았다. 그때마다 이 친구는 한결같았다. 맛있는 거 해 먹고, 본격적으로 수다를 떨기 시작할 무렵이면 구석으로 갔다. 너, 또 자는 거지? 아니야, 안 자, 다 듣고 있어, 이 루틴.

한창 예민한 사춘기에는 말할 것도 없고, 고민 많던 20대에도, 그 이후에도 그랬다. 넌, 전쟁이 일어나도 숙면을 취할 수 있을 거라고 농담처럼 말했는데, 그 친구라면 능히 그럴 수 있을 거 같았다.

잠을 잘 자는 건 축복이다. 정신과 의사가 쓴 글을 보니 예전에는 불면증이 많지 않았다고 한다. 걱정이 많아진 현대인의 고질병 같은 거라고. 그러고 보니 불면증인 어린이를 본 적이 없다. 내 생각에 대부분 불면증은 사춘기에 시작되는 거 같다. 성적, 진로, 연애 등 고민이 많아질 때니까.

내 친구처럼 모두가 'fast sleeper'가 될 수는 없겠지만, 어쨌든 밤에 잘 자야 된다. 전문가들이 말하는 숙면에 도움이 되는 것은 대략 이렇다. 오후에는 커피나 차 등 카페인이 들어간 음료를 마시지 말 것, 하루에 20분 이상 햇빛 보며 산책하기, 야식도 안 좋고, 잠들기 전에 인터넷 접속도 안 하는 게 좋단다. 뭐, 다 아는 얘기인데 이런 거 잘 지켜도 걱정이 많을 때는 잠을 잘 못 잔다.

이거 말고도 대추차는 강추다. 큰아이가 고등학교 다닐

때는 매일 대추차를 끓여서 마시게 했다. 시험 불안을 다스리는 데 좋다는 소리를 들어서. 불안감이 줄어드니 비교적 잠도 잘 잤다. 둘째는 맛이 없다고 안 먹었지만, 요즘도 잠이 잘 안 올 때는 대추차를 끓인다.

타고난 기질을 바꿀 수는 없지만, 밤에 잘 자는 건 중요하다. 올빼미 종족들, 힘냅시다.

첫사랑

어쩌다 청소년 소설을 쓰게 되었는지 질문을 자주 받는다. '그러게요, 제가 어떻게 하다가 이렇게 되었을까요?' 머릿속에는 자동으로 이런 말이 떠오르지만, 그때그때 상황 봐서 대답을 둘러댄다.

하필이면 청소년 소설을 쓰는 이유를 대라면 많은 대답이 떠오르지만, 딱히 화끈하게 '이거다' 하는 답은 못 찾았다. 그리하여 "사춘기 아이들이 예뻐서"라고 말한다. 사실이다. 아동기를 벗어나면서부터 가정과 사회에서 푸대접받는 청소년들을 보면 그냥 짠해서 나라도 편들어주고 싶다. 무엇보다 나라는 인간은 나이만 먹었지, 정서나 사회적 지능이 사춘기 아이들과 별반 다를 게 없다. 오히려 요즘 아이들한테 많이 배운다. 멍석만 잘 깔아주면 아이들에게서 집단 지성이 작동하는 걸 여러 번 봤다.

심각하게 생각해보지 않았지만, 어쩌면 내 정서가 사춘기 시절에 멈춰 있을 수도 있다. 20대 이후부터 내 아이들이 태어나기 전까지는 행복했던 기억이 별로 없다. 남편하고 연애할 때도 좋았던 일보다 저 인간 때문에 속 터졌던 기억이 더 많다.

사춘기 시절 나는 뜨겁고 행복하고 반짝 빛났다. 또 우울했고, 복잡했고, 우주의 무게만큼 고민도 많았다. 말하자면 내 영혼의 리즈 시절이었다. 그 중심에 그 아이가 있었다. 까무잡잡한 피부에 깊은 눈빛, 복잡한 표정의 그 아이. 내 첫사랑.

그 아이를 좋아하기 전까지 나는 단세포 어린이였다. 중학생이 되었는데도 또래 아이들보다 정신연령이 한참 어렸다. 눈을 뜨면 아! 신난다, 아침 먹자, 이 생각밖에 안 났다. 눈이 내리면 눈사람 만들어야지, 해가 저물면 하루가 끝났네, 아쉽다, 이랬다. 세상은 단순했고, 나의 영혼도 투명했다.

이제 일처럼 생생하게 떠오른다. 집집마다 고드름이 달려 있던 고향 겨울 거리, 학원 건물과 호떡과 어묵을 팔던 포장마차, 맞은편 문방구와 영화 포스터가 붙어 있던 상점들, 다정한 그 동네를 자전거를 타고 멋지게 질주하던 그 아이.

그래 봤자 짝사랑이었다. 짝사랑은 사랑도 아니라고 했던 연애 칼럼니스트의 말이 떠오른다. 모든 관계는 상대랑 주고받는 내용이 있어야 사랑도 되고 우정도 성립하는 거라고. 그런 면에서 짝사랑은 치기 어린 자기애의 다른 이름 아닌가, 라고 생각했다. 그런데 다시 생각해보니 아니다. 짝사랑도 사랑이다. 그 대상이 외계인처럼 본인이 오롯이 상상해낸 대상이 아닌 다음에는 사랑 맞다. 마음을 표현하지 못할 뿐 그의 행동, 그의 생각이 나에게 들어와 마음을 휘저어놓았다면, 그리하여 나를 변화시켰다면 이것도 사랑일 거다.

내가 그랬다. 그 아이를 좋아하면서 나는 많이 변했다. 단순 무식한 모범생에서 여러 감정을 이해하는 인간으로 진화했다. 계절의 변화에 민감했고, 아름다운 것들에 눈을 떴다. 생은 뜨거운 축복이며, 유한한 것들의 소중함도 알게 되었다. 말썽쟁이, 날라리로 낙인찍힌 아이들을 이해하기 시작했다. 그 아이와 연결된 세상에 관심이 많아진 것이다. 나는 사랑의 본질이 확장이라고 생각한다. 그 아이를 좋아하면서 나는 그 아이와 연결된 인간과 세계를 사랑하는 법을 배웠다.

내 사춘기 정서의 대부분은 그리움으로 채워졌다. 그 아이처럼 피부 까만 남자만 보면 두근거리는 버릇도 그때 생겼다. 이 얘기를 했더니 어떤 선생님이 그랬다.

"《체리새우: 비밀글입니다》에 나오는 현우랑 비슷한 이미지일 거 같아요."

어? 정말? 듣고 보니 그럴듯하다. 그 아이는 소설 속 정현우의 이미지랑 닮았다.

이토록 요란하게 짝사랑해본 사람이 또 있을까? 나이 들어서도 그 감정을 잊을 수 없어서 소설까지 썼다. 첫 장편소설 《판탈롱 순정》에는 내 얘기가 절반쯤 들어 있다. 짝사랑 대표 선수를 뽑는다면 나는 적어도 동메달은 받을 것이다.

돌이켜 보니 그 힘으로 사춘기를 버틴 것 같다. 언니 오빠들은 우리 집이 가난했다는데, 나는 물질적 결핍에 대한 기억이 별로 없다. 그 시절 부자고 가난한 집이고 세상의 등급에 둔했다. 그런 거보다는 인간과 인간을 연결해주는 사랑, 세상의 추악한 것들을 뜨겁게 녹여버리는 사랑에만 열광했다.

나는 지금도 그때의 자세로 살려고 노력한다. 사회가 만들어낸 등급에 타인을 구겨 넣어 판단하고 평가하지 않으려고 한다. 대신 다양한 독서와 글쓰기를 하며 그냥 그 사람의 본질에 주목하려는 시선을 키웠다. 그래 봤자 짝사랑이지만, 나는 짝사랑을 통해 어른이 되었다.

그런데 나 혼자 북 치고 장구 치고 영화 찍으며 사랑했던 과정을 그 아이는 전혀 알지 못했다.

"너한테만 말하는 비밀인데, 사실은 내가 J를 좋아해"라는 말을 동네방네 떠들고 다녔건만, 아니! 그 많은 친구 중에 입 싼 애가 한 명도 없었다니!

둘째가 세 살일 때, 고향 친구 모임이 있었다. 나는 아이 둘을 데리고 나갔는데, 그때 한 친구가 그 아이, 아니 어른이구나, 하여간 나의 옛 짝사랑을 불러냈다. 우리는 고향 근처 계곡 평상에서 닭백숙을 먹으며 이런저런 이야기를 나누었다.

그때 잠든 둘째를 안고 있던 내가 말했다. 오래전에 너를 좋아했다고. 세상에! 20여 년이 지나서야 고백을 한 것이다. 그런데 나의 첫사랑은 나라는 존재도 몰랐다고 말했다. 그래 놓고 냉큼 이렇게 둘러댔다.

"야! 진작 말하지! 그랬으면 다른 역사가 생길 수도 있었잖아."

농담처럼. 그래. 이제는 과거완료형이니 내가 뒤늦은 고백을 했겠지. 그 친구 역시 아무 무게도 없는 말인 줄 아니까 기분 좋은 농담을 했을 거고.

아무 힘도 없는 뒤늦은 고백을 하고, 자전적 소설을 쓰고 나니 내 사춘기 시절이 비로소 매듭지어졌다. 나는 어떤 회한도 없이 그때를 추억할 수 있게 되었다.

그 아이는 나의 기억 앨범 속으로 들어갔지만, 그때의 내 마음은 아직 살아 있다. 지금도 나는 아이들의 실수와 치기, 껄렁한 행동을 어른의 눈으로 해석하고 판단하지 않으려고 한다. 그리고 자본주의가 구축해놓은 세상의 잣대를 내 것으로 받아들이지 않았고, 마침내 더 좋은 세상이 올 거라는 희망을 아직도 키워나가고 있다.

뭐, 그렇다고 내가 실패자인 것 같지는 않다. 사춘기 마인드로 살아도 안 죽는다. 심지어 날마다 즐겁게 잘 지낸다. 하하하!

욕에 대해

나는 욕을 제법 하는 어른이다. 특히 운전 매너가 없는 사람을 보면 어김없이 욕이 튀어나온다.

"저 시키가 뒈지고 싶어 환장했나!"

요즘 자동차들은 거의 선팅이 되어 있어서 운전자를 식별하기 어렵다. 다행이다. 노인 운전자를 보고 저 할배가 죽으려고 환장했나! 이런 욕을 시원하게 못할 테니까.

"아니, 왜 저렇게 위험한 행동을 하지?"

정작 운전자인 남편은 목에 칼이 들어와도 이런 말밖에 할 줄 모른다. 그런데 내가 욕을 하면 좀 시원해하는 것 같다. 내 아이들 역시 언어 습관에 비속어 같은 건 없는 듯하다. 오래전 '저것들이' '저 자식이' '저 미친 게' 같은 말을 달고 살던 나한테 딸이 물었다.

"엄마! 나도 어른이 되면 욕을 잘하게 돼?"

'세상에! 딸한테 이런 말까지 듣는 엄마라니! 쯧쯧'이라고 생각하시겠지만 나는 하나도 부끄럽지 않았다. 이 정도 욕도 못하고 살면 속이 터져 죽을 거 같았다.

청소년 소설을 쓰겠다고 결심한 뒤로는 아이들의 대화를 유심히 듣는 편인데, 정말이지 이게 한국어인가 싶을 때가 많다. 짐작하다시피 아이들이 하는 말의 절반 이상이 쌍시옷과 지읒으로 시작되는 부사어 욕이다. 학부모 커뮤니티나 엄마들 모임에서 아이들 욕하는 거 가지고 혀를 끌끌 차지만, 악센트만 강할 뿐, 내용은 별거 없다.

"오늘 씨ㅂ 교실에서 씨ㅂ, 아! 그 새끼가 나한테 존ㄴ 깝치는 거야."

예를 들면 이런 식이다. 욕설이 맥락도 없이 굿거리장단처럼 등장한다. 그 녀석이 나한테 재수 없게 굴어서 화가 난다는 이야기를 감정을 섞어 말하다 보니 요란해진 거다.

욕 좀 해본 사람으로서 변명을 하자면, 욕은 약자의 언어 같다. 말 몇 마디로 여러 사람 죽이는 강자가 욕하는 거 본 적 있나? 강자의 입에는 세상의 온갖 품위 있는 단어들이 넘실댄다. 가진 게 많은 사람은 욕을 할 이유가 없다.

아이들은 너무나 억울하고, 너무나 분하고, 자기의 감정을 보통의 언어로는 담아내지 못하기 때문에 욕을 시작한다. 나도 그랬다. 오래전, 뉴스에서 어떤 권력자의 얼굴이 나오면 욕이 자동 발사로 튀어나왔다. 화가 나고, 납득할 수도 없는 상황이 정상인 것처럼 굴러가는데, 출구는 안 보이던 때였다. 미친! 지랄하네! 이런 말을 내뱉고 나면 사이다를 마신 것처럼 조금 시원했다.

그런데 사이다는 한 모금 마시면 시원하지만 계속 들이켜면 갈증이 더 심해진다. 욕도 마찬가지다. 욕이 습관이 되면 분노와 억울함을 해소하기는커녕 부정적인 감정만 상승한다. EBS 지식 채널을 보니, 욕은 다른 단어보다 네 배는 강하게 기억된다고 한다. 욕을 들으면 이성은 작동을 멈춘다. 그러니 친구든 어른한테든 욕을 하는 순간, 본인의 억울함과 분노는 증발되고 욕을 하는 행위만 부각되는 것이다.

내가 이 나이 되도록 욕도 안 먹으며 욕을 할 수 있는 이유가 있다.

첫째, 나는 누구한테 직접 욕을 해본 적이 없다. 욕은 거의 혼잣말이다. 텔레비전에 대고 혹은 내달리는 자동차에 대고 욕을 하니 상대방과 싸울 일이 없다.

둘째, 나는 성적인 것과 관련된 욕은 절대 하지 않는다. 나는 모국어를 자랑스럽게 여기는 사람이고, 언제나 감정을 정확하게 표현하려고 노력한다.

욕에도 품위가 있다. 많은 욕이 사실은 성적인 것과 관련이 있다. 그런 욕을 입에 달고 사는 건, 홀라당 벗고 길거리를 활보하는 것과 마찬가지다. 그토록 증오했던 나쁜 어른들보다 나을 게 하나도 없게 된다. 분노를 즉자적 욕으로 배설하는 건 영원한 패배자나 할 짓이다.

그런데 혼자 중얼거리는 욕도 하면 안 되나? 딸이 초등학교 고학년 때 있었던 일이다. 딸은 자기가 실수한 일에 대해 말하다가 속상해서 '젠장'이라고 했다. 그냥 스스로에게 한 말이다. 그때 옆에서 듣고 있던 모범생 친구가 욕을 했다며 딸을 비난했다. 딸은 젠장이 무슨 욕이냐며 항의했고 그 친구는 마침내 담임에게 이 사실을 일렀다. 담임은 젠장은 욕이라는 판결을 내렸다. 그리고 반성문(당시 용어로 깜지) 쓰는 벌을 주었다.

집에 와서 딸은 눈물을 뚝뚝 흘리며 '젠장'이 욕이냐고 물었다. 어린 딸 앞에서도 시원하게 욕을 발사하는 엄마로서 등에 식은땀이 났다. 난감했다. 사전에 찾아보면 '젠장'은 스스로에게 불만스러워 혼자 하는 욕으로 되어 있다. 당시 문예창작 대학원에 다니던 나는 이게 욕이라고? 싶은 생각이 들었다. 왜냐하면 '젠장'은 책 제목에도 들어가고, 교과서에 등재된 작품에도 등장하고, 신문 칼럼에도 나오고 심지어 공중파 어린이 프로그램에도 아무렇지도 않게 나오는 단어다.

국립국어원 홈페이지에 들어가니 젠장이 욕인지 감탄사인지 묻는 글이 올라와 있었다. 거기에 대한 답변은 이랬다.

질의하신 '감탄사'는 품사의 하나로 말하는 이의 본능적인 놀람이나 느낌, 부름, 응답 따위를 나타내는 말의 부류를 의미합니다. 질의하신 부분은 그 범주가 서로 다르기 때문에 어느 한쪽만 선택할 수는 없습니다. 사전에서는 '젠장'이라는 표현의 품사를 본능적인 놀람이나 느낌 들을 나타내는 감탄사로 보고 있고, 이것의 의미가 뜻에 맞지 않고 불만스러울 때 혼자 욕으로 하는 말인 것으로 파악하시면 될 듯합니다.

그러니까 국립국어원에서도 '젠장'을 품사는 감탄사, 뜻은 혼자 하는 욕이라고 본다는 말이다. 당시에 나도 이렇게 생각했다.

'부모가 아이 앞에서 선생님을 비난하는 건 위험하다. 아이가 선생님을 불신하기 시작하면 그때부터 배움이 순조롭

지 않을 테니까.'

그렇지만 나는 아이한테 선생님이 잘못한 거 같다고 말했다. 이럴 때 대책 없이 선생님 편을 들면, 아이는 어른들 전체, 세상 전체를 불신할 거라는 생각이 들었다. 감탄사인 혼잣말도 못하게 하면 조지 오웰의 소설에 나오는 빅브라더랑 다를 게 뭐가 있을까? 아이의 생각, 혼잣말도 통제하는 건 욕설을 내뱉는 것보다 훨씬 위험해 보였다.

나는 무균 상태의 세상은 불가능하다고 믿는 편이다. 인간이 절대 선한 존재도 아니고. 몸에 나쁜 줄 알면서 어른들은 술을 마시고 담배를 피우며, 아이들은 탄산음료를 마신다. 조절하는 능력과 합당한 책임을 요구하면 되는 거지, 몸에 나쁜 음식을 싹 다 없애면 무슨 재미로 살까?

욕도 비슷하다. 내가 사랑하는 모국어로 담을 수 없는 일은 자주 생긴다. 뉴스가 대체로 그렇다. 그때 혼잣말로도 하는 욕도 못하면 그 열받음을 안고 어찌 살라고? 이때 중요한 건 적정선이다.

BTS를 만든 방시혁이라는 분이 말했다. 자기를 지금까지 이끌고 온 건 분노였다고. 분노는 힘이 된다. 분노를 예술로 승하시킨 사람이 얼마나 많은가.

그러니 욕을 하지 않으면 심장 터져 죽을 거 같은 친구들에게 권한다. 이제부터라도 욕을 하고 싶을 때는 잠깐만 멈춤! 하기를. 욕을 꿀꺽 삼키고 문장을 써보라. 나의 억울함, 분노를 욕이라는 헐값으로 날리지 말라는 말이다. 그럼 나중에 나처럼 작가가 될 수도 있다.

분노를 제대로 표현할 줄 알게 되면 사실 욕이 별 쓸모가 없어진다. 욕과 영원히 결별하는 게 아쉬우면 나처럼 가끔 혼잣말로, 스트레스 해소용으로 써보시든지. 세상은 넓고, 나쁜 인간은 넘치게 많으니까.

은둔형 작가의 삶

《호밀밭의 파수꾼》의 작가 J. D. 샐린저는 책의 명성 못지않게 은둔 작가로 꽤 이름을 날렸다. 프로필에 등재된 사진 말고 샐린저의 얼굴을 본 사람이 거의 없었다고 한다. 2010년 그의 죽음이 알려지기 전까지 수많은 기자와 팬이 그를 만나길 원했지만 성공한 사람은 없었다.

오래전 한글로 번역된 미국 지역신문에서 샐린저에 관한 기사가 나왔다. 그가 은둔해 있다는 산속 마을에서 며칠이나 잠복했는데, 결국 못 만났다는 내용이었다. 그 신문과 기사를 찾을 수 없지만, 이후 나는 샐린저가 은둔해 있는 곳이 LA 근방이라고 생각하며 살았다. 반가웠다. 마침 큰언니가 LA 근교에 산다.

혹시 언니네 집에서 자동차를 타고 20여 분 가면 나오는 그 산 아닐까? 캘리포니아 여행 도중 산이나 사막이 나타나면 어김없이 이런 생각을 했다.

'어쩌면 여기 반경 몇 킬로미터 내에 샐린저가 살지도 모르겠네. 편의점이나 주유소 같은 장소에서 그분이랑 우연히 마주치면 얼마나 좋을까?'

'그런데 참 이상하다. 샐린저는 뉴욕이 어울리는 사람인데 왜 LA로 왔지? 낯가림도 심한 사람이 캘리포니아 지형이 마음에 들었나? 아님 기관지 계통 질환이 있는 노인들이 미국 서부로 많이 간다는데, 샐린저도 지병이 있나?'

큰언니와 샐린저 덕분에 오랫동안 LA가 좋았다. 이름도 예쁜 로스앤젤레스는 68혁명 세대의 흔적이 살아 있는 샌프란시스코와 더불어 나의 호감 도시 리스트에 당당히 이름을 올렸다.

그런데 이 모든 것이 착각이었다. 샐린저가 죽은 뒤 나온 기사를 보니, 그는 1965년부터 죽을 때까지 미국 코니시 산속 작은 마을에서 은둔했다고 나왔다. 기분이 묘했다. 뭐지? 이 낯선 느낌은? 코니시산이 LA 근처에 있는 거 맞아? 갑자기 혼란스러웠다. 폭풍 검색을 했다. 미국의 작은 산이니 찾기가 쉽지 않았다. 마침내 찾고 보니 코니시는 뉴햄프셔주에 있었다.

맙소사! 그는 평생 뉴욕을 크게 벗어나지 않는 곳에서 살았던 게 맞다. 오랜 세월 상상하고 그리던 이미지가 거짓 정보에 의해 만들어진 거였다니. 그 신문과 기사를 찾을 수 없으니 기자가 잘못 쓴 건지 아님 내가 오독을 한 건지는 영영 알 수 없게 되었다.

장담할 수는 없지만 내 착각일 것이다. 잘못된 기사였다고 우기고 싶지만, 입만 열면 말실수에 건망증을 기본으로 장착하고 사는지라, 나라는 인간을 믿을 수가 없다. 인터넷이 없었다면 작가는 꿈도 못 꿨을 거다.

이렇게 모자란 나도 작가라는 명함을 얻었다. 〈순간포착 세상에 이런 일이〉나 〈인간극장〉에 나올 만큼 눈물 나는 인간 승리의 서사다. 나는 읽고 쓰는 일이 참 좋다. 이제 직업이 되었으니 얼마나 행복한지 모른다.

그런데 이러는 동안 문제가 생겼다. 그것은 사람 만나는 게 점점 두렵고 피곤해진다는 거다. 물론 나이 탓일 수도 있다. 나이가 들수록 두 가지 성향이 뚜렷하게 나타난다고 한다. 사람을 만나야 에너지가 생기는 부류가 있고, 혼자 있어야 되는 부류가 있다고.

나는 혼자 있어야 에너지가 생기는 스타일이다. 나이 들면 친구들과 등산 다니고, 함께 어울려 막걸리 마시며 살리라고 생각했는데, 나한테는 불가능한 일처럼 보인다. 혼자 있는 게 편해서 작가가 되었나? 샐린저 말고도 많은 작가가 은둔의 삶을 산다. 박완서 작가님도 누군가 만나고 온 날의 몰려오는 피곤에 대해 쓰신 걸 산문으로 봤다. 내가 아는 소설가들, 들어 들어 아는 많은 작가들 역시 집필에 몰두하면 전화도 안 받는다. SNS도 당연히 안 하고.

'뭘 또 저렇게까지? 사람들 사이에 섞여 살아야 좋은 글이 나오는 거 아닌가?'

처음에는 이렇게 생각했다. 나처럼 사람 좋아하는 스타일은 그렇게는 못 살 거 같았다. 그런데 긴 호흡이 필요한 장편을 쓰면서부터 점점 혼자가 편해졌다. 단편 위주로 쓰는 소설가나 시인은 자주 어울리는 걸 보면, 은둔은 거의 장편소설 쓰는 작가들이 선택하는 생활 방식 같다. 장편을 쓰게 되면 구상에서 집필, 퇴고까지 오랜 기간 집중해야 한다. 이 와중에 중간에 일정이 생겨버리면 다시 집필 모드로 돌아오는 데 시간이 한참 걸린다. 나처럼 재능 없는 사람은 반나절만 신경을 분산시켜도 거의 열흘이나 헤맨다. 지금 안방 욕실 샤워기에 물이 똑똑 떨어지는 게 한 달이 넘었는데도 나는 그대로 째려보고만 있다. 그걸 고치러 누군가 집에 오는 게 싫어서.

그러다 보니 인간 노릇을 제대로 못하고 산다. 언니들과 통화는 가끔 하지만 내가 좋아하는 큰언니가 귀국해도 자주 못 만난다. SNS를 안 하니 친구들과도 뜸해졌다. 제일 자주 만나는 사람은 시어머니다. 혼자 사시니 걱정스러워 정기적으로 만남을 정해놓고 식사하고 차 마시고 옛날이야기 들으며 시간을 보낸다.

가끔 이렇게 살아도 되나 싶은 생각이 든다. 나 죽을 때는 쓸쓸하겠지 싶지만 어쩔 수 없다. 사람 자주 못 만난다고 인간을 혐오하거나 세상을 저주하는 게 아니니까.

"이거 작가님의 경험담이에요?"

강연할 때 자주 받는 질문이다. 심지어 어떤 학생은 독후감에 이렇게 썼다.

《체리새우: 비밀글입니다》는 작가가 10대로 분장을 한 뒤, 어느 중학교에 몰래 들어가서 있었던 일을 기록한 작품이다.

ㄱ. 글을 읽고 얼마나 웃었는지 모른다. 질문에 대해 나는 주로 이런 대답을 한다. 세상에서 제일 뛰어난 분장사가 와

도 나를 10대로 만드는 건 불가능하다고. 청소년 친구들의 고민에 성실한 답을 구하려다 보니 그런 작품을 쓰게 된 거라고.

내가 전국의 청소년들을 일일이 만나고 다니며 고민 들어주고, 맛있는 거 사주는 슈퍼맨이 될 수 없으니, 글을 쓰는 거다. 이런 글을 쓰느라 불가피하게, 자주 은둔할 수밖에 없는 거고.

그나저나 이런 짝사랑과 은둔형 삶이 옳은 건지는 모르겠다.

페르소나와 영감님

"작가님의 페르소나가 있나요? 있다면 누군지 궁금해요."

천안의 한 학교에서 이런 질문을 받은 적이 있었다. 맨 앞자리에서 눈빛을 반짝이며 재미도 없는 내 얘기를 듣던 예쁜 여학생이었다.

"뭐, 페르소나는 없고요. 그냥 인터넷이나 동네 학생들의 관심사를 채집하는 편이죠."

학생의 질문에 나는 말 같지도 않은 대답만 늘어놓았다.

작가들은 사려 깊고, 정제된 말만 할 거라고 상상한다면 오해다. 적어도 내 경우에는, 내 입에서 튀어나오는 말의 절반은 헛소리다. 나이가 드니 엉뚱한 단어가 막 튀어나온다.

이산화탄소라고 말해야 할 순간에 이산화가스라고 말했던 어느 정치인처럼. 웃을 일이 아니다. 내가 그러니까.

내가 글을 쓰는 사람이라는 게 얼마나 다행인지. 누가 녹음을 하지 않는 이상 말은 그 현장에서 휘발된다. 강연이 전문이라면 나는 진작에 잘렸을 것이다. 질문을 던진 여학생은 나한테 잠깐 실망하고 말면 그만이니까.

가면이라는 뜻의 라틴어 페르소나는 심리학자 카를 구스타프 융에 의해 또 다른 자아의 의미로 쓰였다고 한다. 요즘은 감독과 밀도 있게 작업하는 '분신' 같은 배우에게 페르소나라는 명칭을 헌사하기도 한다. 그러니까 그 여학생은 50대인 아줌마가 10대를 주인공으로 글을 쓰려면 깊은 영감을 주는 누군가가 있을 거라고 생각했던 거 같다. 딸이든 누구든 말이다.

영화는 종합예술이니 감독과 배우의 깊은 교감이 필요하겠지만, 소설가에게 페르소나가 꼭 필요할까 싶은 생각이 든다. 어쩌면 작가들 내면에는 각자의 페르소나가 가득할지도 모르겠다.

강연을 다니다 보면 작가 지망생이 꽤 많다. 그 친구들은 질문도 많이 하고 심지어 나에게 작품에 대한 조언도 한다.

"작가님! 소설에 모둠 활동의 수상 여부를 안 집어넣은 거 정말 잘하셨어요. 만일 그 애들이 상을 탔다면 2류 소설이 되었을 거예요."

이러거나,

"체리새우 2권 쓰지 마세요. 아무리 써달라는 요구가 많아도요. 여기서 끝내는 게 좋아요."

이런다. 어쨌든 아이들의 표정과 말에는 반짝반짝 총기가 넘친다. 나야말로 오랜 기간 작가 지망생이었다. 그리하여 오직 돈! 무조건 돈! 부자가 최고인 자본주의 시대에 작가를 꿈꾸는 학생들이 참 예쁘고 고맙다.

이런 작가 지망생들에게 제일 많이 받는 질문이 있다. 대체 작품의 영감을 어디서 얻느냐는 거다. 여학생의 페르소나 질문도 같은 맥락이었다.

"아! 뭐 사는 일이 다 영감 아닌가요? 떡볶이집에서 아이들이 나누는 대화, 커뮤니티에 올라온 고민 글들, 이런 주제에 참여하고 싶은 욕구? 이런 게 모여서 소설이 되는 거 같아요."

늘 그렇듯 나는 이런 시원찮은 대답을 하고야 만다. 최근에는 대답 하나를 덧붙였다.

"근본적으로는 인간과 세계에 대한 뜨거운 사랑과 관심

이죠."

이 말도 썩 마음에 들지는 않지만, 다시 생각해봐도 맞는 말인 거 같다. 인간과 세계에 대한 사랑이 없으면 소설을 쓸 이유도 없다. 사춘기 아이들에 대한 애정이 있으니 그들의 이야기에 귀를 기울이고, 아이들 문제에 천착하니 작품이 되는 것이다.

그런데 이러한 감정과 열정, 문제의식이 작품으로 연결되는 데는 엄청난 노력이 필요하다. 일단 나는 근본적으로 재능이 없다. 단순한 감수성에 심각한 덜렁이에 어휘력도 부족하다. 게다가 엄청 게으르다. 식사 준비, 빨래, 가족 챙기기 등 생활 부담도 만만치 않다. 이뿐인가? 아무리 바빠도 책도 읽어야 하고, 영화도 봐줘야 한다. 특히 독서를 못하면 막 신경질이 난다.

"대체 그 영감님은 언제 오실까요?"

몇몇 작가한테 이런 얘기를 들은 적이 있다. 예술가에게 번뜩이는 영감은 필수 덕목인 거 같다. 나처럼 함량 미달 작가한테는 꿈같은 소리지만.

그래서 밤 버스를 탄다. 내가 운전하는 게 아니니 오롯이 나한테 집중할 수 있다. 휙휙 지나가는 밤 풍경을 보다 보면, 자식이 둘인 엄마인 나, 어떤 남자의 아내인 나, 상식적인 시민인 나는 저만치 사라지고 낮에 잠수해 있던 많은 생각이 수면 위로 떠오른다.

편의점에서 스쳐 간 아이들이 나누었던 대화, 참견하고 싶었지만 허벅지를 찌르며 참았던 말도 떠오르고, 그 말을 내뱉는 아이들의 배경도 상상해본다. 한때 사랑했던 많은 이들과 어긋나버린 인연을 생각하며 뭉클한 감정도 길어 올린다. 정리되지 못한 관계, 말하지 못한 감정은 문장이 된다. 상위 1퍼센트 건망증 소유자니 여기서 끝낼 수는 없다. 문장이든 키워드든 메모는 필수다. 지금 내 휴대폰 메모장에는 303개의 메모가 있다. 이걸 언제 다 써먹을지 모르지만, 어쨌든 내 영혼의 자산이다.

그렇지만 아이들에게 밤 버스를 타라는 말은 차마 못하겠다. 세상은 위험하고 나는 아이들이 다칠까 봐 늘 걱정이다. 혹시 버스를 타고 싶으면 안전을 확보해놓고 시도하기를. 그거 말고도 생명력이 왕성한 때 아닌가. 인간과 세계를 사랑한다면 영감님은 아무 때나 찾아올 테니 걱정하지 마시라.

꿀과 장미의 서사

내가 사춘기였던 40여 년 전에도 로맨스 소설은 엄청난 인기였다. 《캔디 캔디》는 진작 마스터했고, 《꽃사슴의 시》, 《고교 4년생의 사랑》 같은 '사랑의 체험 수기'가 우리의 심장을 강타하던 고등학교 때 있었던 일이다.

연애를 엄격히 금지했던 시절이라, 어른들 몰래 남자 친구를 사귀는 아이는 그 자체로 학교 인싸로 등극할 수밖에 없었다. 그중 홍장미(가명)라는 아이는 거의 전교생이 알 정도로 요란한 연애를 했다. 내용은 별거 없었지만, 남자 친구와 있었던 일을 학교에 오자마자 중계를 해줬던 관계로.

장미의 남자 친구는 옆 학교에 다니는 일 년 선배였다. 학생회장이었나? 그랬을 것이다. 일단 잘생겼고, 약국인지

한의원인지 병원인지 정확히 기억나지 않지만, 그쪽 계통 집안의 아들이었다. 서로의 집을 오갈 정도로 양가가 개방적이라니 얼마나 부러웠는지 모른다.

우리는 침을 꼴깍꼴깍 삼키며 장미의 이야기를 들었다. 예쁜 편도 아니고, 공부도 그럭저럭, 도수 높은 안경까지 쓴 평범한 홍장미가 저런 연애를 하니, 갑자기 신데렐라 공주처럼 보였다. 그러던 어느 날이었다.

아침에 교실 문을 드르륵 열고 홍장미가 들어왔다. 그러고는 쿵쾅쿵쾅 발소리를 내며 자기 자리로 갔다. 그 액션이 과해서 교실 안에 있던 아이들의 시선이 쏠릴 수밖에 없었다. 장미는 자기 자리에 앉자마자 엎드려 울었다. 우리 모두는 당황했고, 우르르 홍장미의 자리로 몰려갔다.

"시한부래. 불치병."

장미는 눈물을 뚝뚝 흘리며 이렇게 말했다. 전날 남자 친구의 집에 갔더니 방에 있는 칠판(이 대목에서 놀란 기억이 있다. 칠판까지 둔 공부방 클래스라니!)에 가득 홍장미의 이름이 적혀 있더란다. 분위기가 평소와 달라서 무슨 일이 있느냐고 물어봤겠지. 그랬더니 남자 친구가 침울한 목소리로 대답했나고 한다. 자기가 시한부 불치병에 걸렸다고.

장미는 너무 울어서 눈이 빨개졌다. 함께할 날이 얼마 남지 않은 두 사람의 절절한 사랑이 아파서 아이들은 같이 울었다. 조례하러 들어온 담임이 무슨 일이냐고 물었다. 자초지종을 들은 담임도 장미를 위로했다. 사연에 압도당한 담임은 장미의 이성 교제를 혼낼 엄두도 못 냈다.

그런데 그다음부터 분위기가 묘해졌다. 시간이 지나면서 아이들의 관심은 이상한 곳으로 쏠렸다. 대체 장미의 남자 친구가 언제 죽을까? 만일 장미의 남자 친구가 죽게 되면 우리는 단체로 결석을 하고 장례식에 참석할 준비가 되어 있었다. 성격 급한 아이들이 물었다.

"남자 친구 어떻게 됐어? 병원에 입원했어?"

장미는 고개를 절레절레 흔들었다. 그리고 별말이 없었다. 로맨스 소설로 인생을 학습한 우리는 홍장미의 침묵이 마음이 아파서 저러는지 어떤지 알 수 없었다.

호기심을 못 참는 아이들이 물었다. 남자 친구는 요즘 어떻게 지내? 몸은 좀 괜찮아? 남자 친구의 병세에 대해 더 이상 중계를 하지 않는 관계로 홍장미는 코너에 몰렸다.

"대체 어떻게 된 거야? 말 좀 해봐. 무슨 병인데? 대구에 있는 병원에라도 갔어?"

어떤 아이가 추궁하듯 물었다. 인내심이 한계에 다다른 아이들이 일제히 장미를 쳐다보았다. 그 무시무시한 무언의 압박을 견딜 만큼 장미는 강심장이 아니었다. 잠시 후 홍장미가 기어들어 가는 목소리로 말했다.

"중이염이래."

뭐라고? 시한부 불치병이 중이염이었어? 아이들은 실망한 표정이 역력했다. 세기적 사랑인 줄 알았는데, 고작 중이염이라니! 로맨스 소설급이 되려면 백혈병이나 말기 암 정도는 되어야 하는 거 아닌가?

이후 장미는 아싸로 밀려났다. 장미의 연애에 대한 관심도 썰물처럼 빠져나갔다. 남자 친구와 잘 지내는지, 중이염 치료는 잘 받았는지 아는 아이도 없었다.

처음부터 지어낸 얘기였다는 소문도 돌았다. 그러자 누군가 옆 학교 학생회장과 장미가 같은 학원에 다녔다는 팩트 체크를 해주었다. 장미의 연애사가 백 퍼센트 사실인지 아니면 사실에 기초해서 꾸민 상상인지는 끝내 알려지지 않았다. 아니, 그 사실을 알려고 하는 아이가 없었다. 생각해보면 그때 아이들은 착했던 거 같다. 어른이 되어 저런 얘기를 했다면 허언증이니 뭐니 엄청난 비난을 받았을 것이다.

칼로 잰 듯 정확히 사실만 말하는 인간은 상상이 잘 안된다. 우리는 상상의 힘으로 인생을 견딘다. 리플리증후군이

나 범죄적 사기로 발전할 가능성이 없는 사춘기 시절의 거짓말이나 뻥은 가끔은 눈 감고 넘어가 줘도 되지 않을까.

어제 엘리베이터에서 중학생 남자아이를 심하게 닦달하는 엄마를 봤다. 게임 시간을 어겨놓고, 말 같지도 않은 거짓말을 둘러대서 엄마는 거의 미칠 지경이었다. 짧은 시간 동안 많은 생각이 났다. 그리고 지금도 생각난다.

아이가 거짓말을 하면 이루 말할 수 없는 배신감을 느낀다. 그렇지만 일주일에 단 하루, 딱 한 시간 허용된 게임 시간을 지키기가 어디 쉬운가. 나한테 일주일에 한 시간만 인터넷을 허용한다면 나도 미쳐버릴 것이다. 어느 심리학자의 책에서 봤다. 사춘기의 거짓말은 부모를 속상하게 하고 싶지 않아서 하는 거라고. 그거 말고도 감정이 폭발하는 시기인지라 과장과 허풍, 사소한 거짓말이 흔한 때 아닌가.

"고릴라가 나한테 이렇게 말했어. '너는 밥을 잘 먹었으니 키도 쑥쑥 클 거야'."

어린아이였을 적에 이 말을 했다면 상상력이 풍부하다고 칭찬받았을 것이다. 그때가 불과 몇 년 전이다.

조급한 어른들이 아이를 거짓말하게 만든다고 한다. 심리학자의 그 책에는 아이가 거짓말을 했을 때 대처법이 나온다. 제일 먼저 나오는 말은 '아이가 왜 거짓말을 했을까'를 생각해보라는 것이다. 일주일에 한 시간 허락된 게임은 솔직히 아이를 거짓말쟁이로 만드는 약속 같다.

청소년 소설을 쓰다 보니 알게 되었다. 문제 행동을 하는 아이들의 배경에 미성숙한 어른이 있다는 걸. 어쨌든 아이가 거짓말을 했을 경우, 그 책의 저자라면 이렇게 조언했을 거 같다. 화를 내며 아이를 취조하기보다는 아이와 함께 게임 시간을 다시 조율하라고. 그러면 아이는 정직한 게 더 편하다는 걸 스스로 체득하게 될 것이다.

가끔 생각난다. 당시 사회 분위기는 사춘기 아이들을 옴짝달싹도 못하게 만들었다. 특히 여학생에게는 전방위로 가혹했다. 자유를 박탈당한 우리가 할 수 있는 일은 그저 꿈꾸는 일뿐. 그래서 홍장미의 사랑에 같이 열광했나 보다.

그 시절 뜨거운 사랑을 꿈꾸던 친구들은 지금 무엇을 하며 살고 있을까? 홍장미는 혹시 작가가 되지 않았을까? 그런데 장미의 이름이 기억나지 않으니 검색해볼 수도 없다. 어쨌든 모두 행복하기를.

실수의 역사

10대 커뮤니티에서 본 사연이다. 제목은 〈이거 손절각이겠지요?〉였다(당사자를 위해 사연은 최대한 가공했음).

주말에 심심했던 A는 언젠가 하품하는 고양이를 찍었던 기억을 떠올렸다. 그래서 폰 앨범에서 그 사진을 찾아내 단톡방에 올렸다. 귀엽다, 재미있네, 언제 찍은 거야? 이런 반응을 기대했던 A는 깜짝 놀랐다. 실수로 다른 사진을 올려 버린 것이다. 그것도 절친의 엽기 사진을!

1초? 2초? 여하튼 실수를 깨달은 즉시 사진을 지웠다. 문제는 그 짧은 순간 사진을 본 숫자가 10명도 넘는다는 거였다. 단톡방에는 절친이 짝사랑하는 남자도 있었다. 온몸에 쥐가 날 만큼 아찔했다. 생각해보라. 믿었던 친구가 자기의 엽기 사진을 허락도 안 받고 단톡방에 올린다면? 그것도 짝남이 볼 걸 뻔히 알면서. 이건 요즘 아이들 말로 손절각 아닌가?

그런데 착한 아이들은 손절당하기 전에 사과하라는 댓글을 달아주었다. A는 어떻게 사과를 할지에 대해 1, 2, 3 번호를 달아가며 문의 글을 계속 올렸고, 댓글들은 이 방법이 좋다, 저 방법이 좋다며 의견을 냈다.

친구가 사과를 받아준 건지 어떤지는 듣지 못했다. 부디 최선을 다해 사과하고 친구도 너그러이 용서해주었기를 바란다.

고등학교 다닐 때 국어 선생이 그랬다. 실수는 젊음의 특권이라고. 그런가? 마킹 실수로 입시에 실패한 사람이 들으면 환장할 소리다. 어쨌든 나이가 들면 실수를 만회할 기회가 좀처럼 주어지지 않으니 하는 말이겠지.

어른이 되어도 실수는 한다. 내 친구는 자기 아들이 과학고에 합격했다는 직장 상사의 자랑에 이런 덕담을 했다고 한다.

"개천에서 용 났네요!"

갑자기 싸한 분위기를 수습하느라 친구는 별 웃기는 개

그를 다 했다고 한다.

그래도 어른이 되면 웬만한 실수는 하지 않는다. 그러니 아이들이 실수를 하면 "대체 왜 저래?"라는 비난부터 하겠지. 자기 어렸을 때 일은 까맣게 잊고 말이다.

자랑은 아니지만 나는 아이들의 실수에 관대한 편이다. 아니, 실수든 뭐든, 아이한테 야단을 쳐본 적이 없다. 그런가? 다시 생각해봐도 없다. 나는 훈계를 하거나 야단을 치는 위치에 있다는 생각을 해본 적이 없다. 실수든 잘못이든 그건 아이의 몫이라고 생각한다. 아이가 한 잘못에 대해 같이 이야기하고, 사과를 하거나 만회를 하는 것도 아이의 몫이다.

이렇게 된 데는 이유가 있다. 나는 아이보다 하등 나을 것도 없는 어른이라는 사실을 일찌감치 자각했다. 한참 어른인 지금도 나는 실수를 기본으로 장착하고 산다.

얼마 전, 한 저널에 인터뷰를 한 적이 있다. 인터뷰어는 한미화 칼럼니스트였는데, 평소 그분의 글을 좋아했던 터라, 약간 신나고 설렜다. 나는 즉흥 인터뷰를 했다가는 틀림없이 실수할 예정인 인간이라서, 조심스럽게 사전 질문지를 받을 수 있느냐고 물었다. 친절한 그분은 당연히 해주겠다고 했고, 인터뷰 날짜 전에 이메일로 질문지가 왔다. 질문지를 받아보고 조금 놀랐다. 역시 전문가라 그런지 질문의 깊이가 남달랐다. 그분 앞에서 뭔가 마구 털어놓고 싶은 의욕이 생겼다. 나는 질문지를 미리 주셔서 고맙다는 답 메일을 보냈다. 짧게.

내용은 이랬다.

질문지 고맙습니다.

저는 다 좋아요.

제가 좀 덜렁대는 편이라 우문현답을 할 가능성이 많아요.

아니다 싶으면 인터뷰 때 추가 질문해주셔도 환영입니다.

사진을 워낙 안 찍어서 갖고 있는 것도 없네요.

오늘 중으로 한번 찍어볼게요.

그럼 내일 뵙겠습니다.

고맙습니다.

이 글을 읽고 이상한 점을 발견하지 못했다면, 당신도 아마 나랑 비슷한 덜렁이과일 것이다. 아! 이런 멍청한 짓을 해놓고도 나는 하루 종일 인터뷰 때 어떤 대답을 할지, 무슨 옷을 입을지, 목걸이를 할지 말지 이런 생각만 했다.

일과가 끝나고 밤 산책을 할 때 갑자기 번개를 맞은 듯

머리가 쭈뼛거렸다. 아까 메일에 우문현답이라고 쓰지 않았나? 물론 나는 현문우답이라고 쓰려고 했다. 그런데 어쩐지 우문현답이라고 쓴 거 같은 생각이 드는 거였다. 이럴 때는 무조건 확인부터! 심장이 다 졸아들기 전에 메일함을 열었다. 과연 우문현답이라고 썼다. 너무도 태연하게.

직장에서 이런 실수를 했다가는 당장 잘리겠지. 세상에 이런 바보 같은 짓을 하는 어른도 있나? 이제 막 한국어를 배운 외국인도 아닌데? 나는 명색이 글 쓰는 일을 업으로 삼는 작가다.

어쩌다 있는 일이 아니다. '더 필요한 사항 있으면 연락 주세요'라는 짧은 문장에도 오타가 있는 일이 비일비재하다. '더 필요한 사랑 있으면 연락 주세요' 이런 문자를 받은 사람은 얼마나 황당할까? 특히 남자라면 소름 끼치겠지. 시댁 형님의 답문에 '네' 대신 '너'라고 쓴 적도 있다. 말실수는 또 어찌나 많이 하는지 집에 오면 꼭 그날 내가 지껄였던 말을 복원하는 습관이 있을 정도다. 말실수가 잠재의식의 결과라는 프로이트의 주장은 못 믿겠다. 나는 인간이 그렇게 정교하게 만들어졌을 거라는 생각이 안 든다.

이루 말할 수 없는 실수 가운데서 압권은 오래전 있었던 일이다. 이 생각만 하면 지금도 아찔하다.

1980년대 중반이었다. 나는 어찌어찌하다가 시위 유인물 원본을 손에 넣었다. 그러니까 손 글씨로 쓴 유인물 원본 말이다.

그게 왜 내 손에 들어온 건지는 잘 기억나지 않는다. 내가 타이핑을 해준 건가 싶었는데, 그건 아니다. 나는 컴퓨터가 보급되기 전에 나온 최신식 타자기, '대우 르모'를 구입하면서 한글 자판을 익혔다. 그럼 그게 왜 내 손에 들어왔을까? 대강 기억을 짜내보자면, 아는 사람한테 유인물 원본을 태워달라는 부탁을 받은 거였다. 그 유인물 원본을 쓴 사람은 아마도 며칠 밤샘을 했을 거고, 그래서 너무도 피곤한 나머지 누군가에게 "이것 좀 태워줘" 했겠지. 그 부탁을 받은 사람은 요주의 사찰 대상이어서 다른 사람에게 부탁을 했을 거고, 혹시 그 다른 사람이 나 아니었을까? 그는 나에게 라이터를 건네며 이렇게 말했겠지.

"여자 화장실 한가하지? 거기서 이것 좀 태워줘. 내용은 보지 말고!"

이랬을 거 같다. 아마도 나는 이렇게 대답했을 것이다.

"당연하지! 당연하지! 나 쓰레기 태우는 거 진짜 잘해. 여고 다닐 때 쓰레기 소각 담당이었거든."

이러면서 화장실에 들어갔을 것이다.

그날 나는 시내버스를 탔다. 종로를 지날 무렵 버스가 멈췄다. 기사는 버스 차 문을 열더니 내릴 사람은 내리라고 했다. 종로에서 막 가두시위가 시작되고 있었다. 나는 전철을 타기 위해 버스에서 내렸다. 종로 차도는 시위대가 장악하고 있었고, 인도에도 사람들로 꽉 찼다.

전철역까지는 멀고도 멀었다. 구름처럼 떠다니는 인파에 밀려 천천히 걸었다. 시위 주동자가 구호를 외치자 구경하던 사람들 사이에서 박수가 터져 나왔다. 나도 조용히 구호를 외쳤거나 노래를 불렀을 것이다. 그때였다. 어떤 아저씨가 내 팔을 확 낚아챘다. 나는 악! 소리를 질러보지도 못하고 닭장차로 질질 끌려갔다.

〈1987〉이나 〈택시 운전사〉 같은 영화를 보면 알겠지만, 그땐 그랬다. 사실은 영화보다 더했다. 경찰은 젊어 보이는 사람은 마구잡이로 다 잡아갔다. 종로경찰서 유치장에는 막 출근해서 쓰레기 버리러 나오던 디스코텍 종업원도 있었다.

소지품 검사를 할 때까지도 몰랐다. 내가 그 유인물 원본을 들고 있었다는 사실을. 내 핸드백을 뒤지던 형사가 유인물 원본을 꺼내며 “이게 뭐야?” 하면서 소리를 질렀다. 모골이 송연해진다는 말을 그때 실감했다. 내 핸드백에 있던 종이쪽지는 그날 종로 시위에서 뿌려진 몇 개의 선언문 중 하나의 원본이었던 것이다.

난생처음 죽음의 공포를 느꼈다. 아! 나는 왜 이걸 태우지 않았지? 태우려고 했을 것이다. 그런데 누군가 화장실에 들어왔을 거고, 거기서 뭔가를 태우면 의심을 받게 될 게 뻔하니, 볼일을 본 다음에 태우자, 하다가 볼일을 다 본 다음에는 또 누군가 들어왔을 거고, 그러다 뭐 이런저런 약속이 생각나서 아! 집에 가서 태워야지, 하면서 그것을 핸드백에 집어넣었을 것이다.

머릿속에서 번개가 휙휙 지나갔다. 고문당해서 죽기 전에 이 자리에서 혀 깨물고 죽을까? 어떻게 죽지? 휘발유라도 있다면 몸에 끼얹고 라이터를 켜면 될 텐데, 그런데 혀를 깨물면 진짜 죽나? 자살 미수면 더 의심을 받을 텐데? 짧은 순간 별의별 생각을 다했다.

사실 나 혼자 죽는 건 괜찮다. 문제는 살아남은 내가 이걸 누구한테 건네받았는지 취조를 당하면 분명히 술술 불어버릴 거 같았다. 나는 고문을 이겨낼 자신이 없었다. 그런데 내가 한 명의 이름을 불게 되면 거기서 끝나지 않는다. 일파만파로 여러 사람이 굴비 엮듯 딸려 나올 것이고, 나의 발설 때문에 많은 사람이 죽거나 감옥에 가게 될 상황이었다.

겁이 나서 울었다. 고문도 겁이 났고, 고문을 당하면 내가 무너질 것도 겁났다. 무서운 형사 앞에서 뭔 소리를 지껄였을까?

"사실 저는 사범대학 학생인데, 졸업하면 교사가 될 거거든요. 이게 여자 화장실 휴지통에 있었는데, 얼핏 제목만 보고 호기심에 집어 왔어요, 집에 가서 한번 읽어보려고요."

형사는 반신반의하면서도 나를 풀어주었다. 왜 그랬을까. 그날 종로경찰서는 유치장을 꽉 채우고도 모자라 지하 강당에까지 잡혀 온 사람들이 가득했다. 아마도 그 많은 사람들의 알리바이를 일일이 다 확인하고 취조할 상황이 아니었을 것이다. 나를 훈방 조치한 뒤에도 형사는 몇 번이나 나를 찾아왔다. 내가 운동권의 핵심 멤버인지 아닌지 확인하려고. 만일 그때 형사가 승진에 눈이 먼 악질이었다면, 나 때문에 여러 사람이 죽거나 감옥에 갔을 거고, 어쩌면 어마어마한 간첩단 사건 하나가 뚝딱 만들어졌을 수도 있다. 나 역시 21세기가 오는 걸 보지도 못하고 죽었을 것이다. 그 죄책감을 감당하며 인생을 진행시킬 강심장이 누가 있을까?

그랬다. 이 일은 봐주고 말고 할 사이즈가 아니었다. 여러 사람을 죽일 수도 있는 실수였다. 그 일을 겪고 난 뒤 깨달았다. 나는 죽어도 중요한 일을 맡으면 안 되겠구나. 책임 별로 없는 자리에서 가늘고 길게 살아야지.

이후로 나는 평생교육원 문학 모임에서조차 직책을 맡지 않았다. 그저 숨만 쉬며 남은 인생 조용히 살고 싶었고, 새로운 인연을 만들지 않으려고 노력했다.

그런데 두 아이의 엄마가 되었다. 이런 아이러니가 없다. 아이를 양육하는 것만큼 중요한 책임이 또 있을까? 물론 아이를 갖는 건 나의 의지였다. 나도 살고 싶었나 보다. 아이 핑계로 잘 살고 싶었다.

엄마 노릇이 유전자에 남아 있을 거라는 대책 없는 믿음도 있었다. 그럼에도 나라는 인간이 한참 모자라다는 걸 잘 알기에 공부를 했다. 자기표현을 잘 못하는 아이의 마음을 알고 싶어 심리학책도 좀 읽고 혹시라도 아이 마음을 다치게 하면 사과하고 그랬다.

그래, 나 같은 덜렁이도 엄마로 살 수 있다. 위험한 결과로 이어지는 실수를 잘 하지 않는 이유는 우리가 그것에 대해 신경을 쓰기 때문이다. 실수는 사실 부주의 때문 아닌가. 하루에 처리해야 할 그 많은 일에 일일이 신경을 다 못 쓰니까.

그래서 단순하게 살려고 한다. 인간관계도 단순하고 하

루에 처리할 일도 많으면 단순화해서 처리한다. 그럼에도 실수하면 깨달은 즉시 사과한다. 사과만이 살길이다. 사과할 기회를 놓치면 나중에 자기가 저지른 실수는 눈덩이처럼 불어 있다. 뭐 그렇다.

강남 키즈

방송에 나왔던 시청자 사연이다.

대학도 장학금으로 다녔고, 졸업 후에는 자기 약국까지 차릴 정도로 야무진 약사가 있었다. 이분은 자립하느라 연애할 여유가 없었다. 그러다 결혼 정보 회사에서 소개해준 최고 신랑감을 만나게 된다. 집안, 스펙, 외모조차 등급을 매겨 점수화하는 결정사의 특성을 감안하더라도 분에 넘치는 상대였다. 여자보다 세 살 많은 남자는 괜찮은 외모의 외과 의사이고, 강남에 자기 명의의 아파트도 있었다. 어머니가 명문대 교수로 은퇴한 분인 걸 보면 집안도 훌륭한 것 같았다.

"이 정도 조건이면 좋다는 여자가 많았을 텐데, 왜 하필

저를?"

여자가 물었다. 조실부모하고 할머니랑 살던 여자에게 남자는 백마 탄 왕자처럼 보였다. 그뿐인가? 퇴근하고 나면 꼼짝도 하기 싫다는 여자를 위해 남자는 자기 집에서 일하던 가사 도우미를 여자 집으로 보냈다.

"이 나이에 자기 힘으로 여기까지 이뤄낸 분을 본 적이 없어요. 존경합니다."

이리하여 둘은 결혼을 했다. 그리고 행복하게 살았다!

이렇게 끝났으면 그분이 방송에 사연을 보내지 않았을 것이다.

여자는 결혼 준비 과정에서부터 철저히 소외되었다. 시어머니가 주도해서 여자의 웨딩드레스를 고르고 신혼집 가구와 자잘한 살림까지 다 챙겼다. 남자는 식사 때마다 사진을 찍어 시어머니한테 보고했다. 그러면 시어머니는 식단이 엉망이구나, 과일은 어느 백화점 어느 매장의 어떤 과일로, 이런 식으로 우유, 과일, 영양제까지 챙겼다. 거기서 끝나지 않았다. 시어머니는 아들의 사회적 지위에 맞는 스펙을 쌓을 것을 며느리에게 요구했고, 그리하여 여자는 약국을 그만두고 로스쿨 입학을 준비했다. 무식하게 소리 지르는 법이 없었기에 여자는 시댁에서 자기를 예뻐해서 그러는 줄 알고 충실히 따랐다.

요렇게 해서 여자는 약학 전문 변호사가 되어 행복하게 잘 살았답니다, 라는 스토리로 끝나면 좋았겠지만, 시어머니의 관여는 계속되었다. 시어머니는 며느리에게 시험관 시술을 종용했다.

"난임도 아닌데 시험관 시술은 왜요?"

왜였을까? 바로 이 대목에서 강남 키즈로 자란 남자의 결혼 스토리는 스릴러로 바뀐다.

"계획 없이 아이를 마음대로 낳을 생각이니? 가장 좋은 유전자를 확보하려면 이 방법밖에 없어."

소름! 사연을 들은 패널들은 이런 반응을 보였다. 그녀의 남편은 컨트롤 프릭(control freak) 시어머니의 설계로 훌륭하게 빚어진, 무늬만 어른이었다. 믿을 만한 친정이 없던 전문직 여성인 그녀는 시어머니가 함부로 부려도 되는 며느리로 당첨된 거였고.

우리 사회가 강남을 얼마나 열망하는지 자주 느낀다. 강남 거주자는 성공한 시민일 거라는 편견이 건재하는 것만 봐도 그렇다. 거기에 의심을 품거나 비판을 하면 당장 여우와 신 포도라는 반응이 쏟아진다. 내 주변에도 대출 잔뜩 받아서 무리하게 강남으로 이사 가는 사람들이 있었다. 워라밸, 웰빙, 카르페디엠의 정신으로 사는 나는 꿈도 안 꿀 선택이었는데, 부동산 폭등 기사를 보면 그 사람들이 잘했구나 싶기는 하다.

그러니 시청자 사연의 주인공처럼 강남 출신이라면 일단 믿고 보는 거다. 자기가 꿈꾸었던 인생의 파트너가 바로 그 동네 출신이었을 테니. 하긴 잘생기고, 돈 많고, 학벌 좋고, 매너도 좋은 강남 토박이 남자가 비루하게 사는 여자를 사랑하게 되는 캔디 드라마가 아직도 계속 생산되는 걸 보면, 강남에 대한 착시는 당분간 계속될 듯하다.

오래전 나도 그랬다. 개발이 덜 된 방배동 친구 자취방에 갈 때 간절하게 생각했다. 언젠가는 나도 이 동네 주민이 될 수 있을까? 그때는 강남이고 뭐고 그냥 서울 시민이라도 되고 싶었다. 밤 버스를 타고 다니다 보면 저 많은 불빛을 쏟아내는 집들에 내 방 한 칸이 없는 현실이 서늘하게 다가왔으니까. 그 시절 나는 어깨를 잔뜩 웅크린 채 뒷골목으로만 다녔다.

그러다 소개팅으로 한 남자를 만났다. 그는 요즘 용어로 말하자면 강남 키즈였다. 강남 바깥은 위험한 줄 알았고, 그

바깥 세상에 대한 관심이 아예 없었다. 집안도 훌륭했다. 학벌까지 좋은 일가친척은 직업까지 좋아서 거의가 교수, 변호사라고 했다. 어쨌든 참으로 대단한 집안이어서 나중에 불미스러운 일로 뉴스에 나온 그의 친척을 내가 다 알아볼 정도였다.

"그런 집안에서 넌 뭐니?"

이 말이 목구멍까지 넘쳐 나오려는 걸 꿀꺽 삼켰다. 그 남자는 상대적으로 딸리는 학벌에다, 제법 딸리는 외모의 유전자가 흐르는 집안에서도 출중하게 못생겼다. 어쨌든 이 많은 정보를 소개팅한 그날 다 들었다. 세상에! 얼마나 집안 자랑을 하고 싶으면 처음 만난 여자 앞에서 저런 이야기를 늘어놓을까? 하긴 그 얘기를 들으니 별 볼 일 없는 우리 집안에 대해서는 입도 뻥긋 못했다.

그날 둘이 서울 거리를 많이 돌아다녔다. 주구장창 자기 얘기만 하는 그 남자의 말이 재미있었다. 예컨대 동부이촌동이나 압구정동에 다 부자만 사는 건 아니다, 유흥업소 사장이나 졸부도 많은데, 진짜 부자들이 사는 아파트는 따로 있다, 대략 아파트 이름과 몇 동인지만 알아도 그 집안 재산 정도를 파악할 수 있다는 식이었다. 그들이 사는 세상을 엿듣는 느낌이었는데, 왕수다쟁이였던 내가 그날은 좀 과묵

했다. 예나 지금이나 온몸으로 촌티를 풀풀 날리던 나는 그 날 많이 위축됐고, 조금 외로웠던 거 같다.

공원 벤치에 앉아서 이런저런 이야기를 하다가 갑자기 남자가 내 손을 덥석 잡았다. 맥락이 있었던가? 기억은 나지 않는데, 어쨌든 별로 좋지는 않았고, 기분이 이상했다. 그런데도 손을 뿌리치지는 않았다. 뭐랄까, 압도적인 배경의 남자 앞에서 내 존재가 소멸된 기분이었다. 손을 잡은 채 그가 말했다. 자기 친구들이랑 제주도 놀러 갈 건데 같이 가자고. 이어서 말했다. 다 쌍쌍인데, 자기만 파트너가 없다고.

나는 생각해보겠다고 했다. 그때까지 제주도는커녕 부산도 한 번 못 가본 내가, 게다가 모태 솔로였던 내가 커플 여행이라니. 나에게는 그런 호사를 누릴 돈도 없었고, 무엇보다 그 분위기가 썩 끌리지 않았다. 그렇다고 냉큼 거절할 수도 없었다. 대중문화가 농약처럼 살포하던 그들 세상에 대한 호기심이 그때까지도 내 안에 끈질기게 붙어 있었던 것이다.

그 남자랑 헤어져 버스를 타고 언니랑 자취하던 좁은 방에 들어왔다. 하루가 지나 그 남자를 떠올리니 불쾌한 기분만 남았다.

생각해보니 같이 밥 먹고, 커피 마시고 길을 걷던 그 몇 시간 동안 그 남자는 내 얘기를 한 번도 묻지 않았다. 나에 대해 궁금한 것도 없나? 내가 뭘 좋아하는지, 뭘 싫어하는지 왜 안 물어본 거지? 그리하여 동물적 감각으로 알았다. 그 남자는 나한테 반하지 않았다. 그보다 심각했던 건, 나에 대한 존중이 아예 없었다.

며칠이 지나서 수업 끝나고 나오는데, 강의실 앞에서 그 남자가 나를 기다리고 있었다.

"왜 전화 안 했어?"

그 남자가 다짜고짜 짜증을 냈다.

"내가 왜 너한테 전화를 해야 하지?"

마땅히 이렇게 물었어야 했으나 나는

"어? 왜? 무슨 일인데?"라고 얼버무렸던 거 같다. 그 남자는 내 자취방에 전화가 없다고 해서 자기 번호 준 거였으니, 당연히 내가 전화를 걸어야 한다고 주장했다. 연락이 안 되니 답답해서 우리 과 사무실에 가서 물어물어 여기까지 찾아온 거라고. 우리 과 아이들이 힐끔거리며 지나갔는데, 얼마나 쪽팔렸는지 모른다.

"중간고사 끝나고 가기로 했어. 제주도 갈 거지?"

그 말 하러 나를 찾아온 거였다. 계속 바보처럼 말도 잘 못하던 내가 그 대목에서 딱 부러지게 대꾸했다. 나는 못 간다고, 갈 생각도 없다고. 그리고 유유히 내 갈 길로 갔는데 이후에도 그는 몇 번이나 날 찾아왔다. 그때마다 외면했는데, 궁금하기는 했다. 왜 자꾸 나를 쫓아다니는 거지? 자기보다 서열이 낮은 여자를 소비하는 방식에 내가 동의할 거라고 생각한 건가? 그러든 말든, 나는 일관되게 그 남자를 외면했고, 얼마 지나지 않아 그 남자는 떨어져 나갔다.

그 일 이후 알게 되었다. 나는 부유한 노예로 살 바에는 차라리 가난한 주인이 되고 싶어 한다는 걸. 그리고 나를 존중하지 않는 사람하고는 절대 엮이지 말아야겠다고 결심했다.

이후 내 인생은 전혀 다른 방향으로 전개되어 그런 동네에 대한 관심이 싹 사라졌다. 중심에 대한 욕망은 있었지만, 그것이 부자가 되는 방식은 아니었다. 그리하여 오늘날, 한국 사회가 강남을 욕망하는 모습을 팔짱 끼고 지켜볼 수 있는 경지에 이르렀다. 나는 내게 어울리지 않는 생활을 동경하지도 않고, 그럭저럭 주도적으로 이끌어온 내 인생이 마음에 든다.

오히려 가진 게 별로 없으니 감탄할 게 너무나 많다. 어제 새로 산 3만 원짜리 커피포트에 향후 일주일은 행복할 것이다. 커피를 마실 때마다 기분이 좋을 거고, 산책길의 저녁 공기도 좋고, 계절마다 달라지는 꽃들도 예쁘다. 이름도 모르는 동네 주민들도 반갑다. 그냥 매일이 소박한 축제 같다.

문제는 아이들이다. 나는 이 생활에 만족하지만, 젊은 애들인데, 집이 부자인 친구들이 왜 안 부러울까? 그래도 큰아이는 부러워하는 티를 한 번도 안 냈다. 오히려 자기 처지에 감사하다는 소리를 자주 한다. 문제는 둘째인데, 얘는 대놓고 말한다.

"나는 돈 많이 벌어서 예쁜 거 많이 사고, 외국 여행 실컷 다니며 살 거야."

이 말을 처음 들었을 때는 뜨끔했다. 자기 친구들처럼 우리가 강남에 살지 않아서 괜히 미안했다. 그런데 이제는 '어쩌라고!' 싶다.

"부자 부모 못 만난 건 네 팔자야"라고 말할 수는 없지만, 자기 팔자 맞다.

"그래. 나중에 돈 많이 벌어서 마음껏 쓰고 살아."

그리하여 이제는 이렇게 말해준다. 이 응원은 진심이다.

3장

다만 필요한 건 존중과 믿음,

적당한 거리

생쥐가 일깨워준 환멸

사춘기의 정서적 특징 중 하나가 환멸이라고 한다. 자기 몸이 변화하면서 세상에 대한 눈높이가 달라지는 것이다. 또 부모에 대한 환상이 깨지는 출발점이기도 하다. 환멸을 감당 못하니 반항도 해보고, 돌출 행동도 하는 것 같다.

아이들 커뮤니티에 가면 환멸에 대한 글이 많다. 연예인, 부모, 친구, 학교, 교사, 심지어 국가에 대한 믿음이 무너진 아이들은 배신감에 어쩔 줄 몰라 한다. 믿었던 대상에 분노하고, 화도 내보지만 속절없는 희망을 되살릴 길은 없다.

그런데 환멸은 성장에 꼭 필요한 모티브일까? 아마도 그럴 것이다. 사춘기를 다룬 많은 영화나 소설에서 환멸이 자주 등장하는 걸 보면.

오래전, 캐나다에 처음 갔을 때가 생각난다. 비가 추적추적 내리는 밴쿠버 공항에서부터 시작된 캐나다의 처음 두어 달은 어리둥절하고 행복했다. 청정한 대기와 테라스에 찾아오던 청설모, 눈만 마주쳐도 "하이!" 하고 인사하는 친절한 사람들, 무엇보다 어디를 가든 섬세하게 장애인을 배려하는 시스템이 좋았다. 운이 좋아서 살 집도 쉽게 얻었고, 운전면허증도 무리 없이 발급받았다.

유치원 대기가 길어져 집 안에서 뒹굴던 둘째는 놀이터에서 처음 본 아이들과도 잘 놀았다. 이뿐인가. 거리에 나가도 끼어드는 차가 없었다. 일 년 동안 빵빵거리는 경적 소리를 한 번도 들은 적이 없었다. 나는 영어도 못하면서 겁도 없이 싸돌아다녔다. 그곳 생활은 모든 게 순조롭고 평화로웠다. 한국은 즐거운 지옥, 캐나다는 심심한 천국이라더니, 그 말이 맞는 거 같았다.

그러다 박사 후 연구원으로 온 한국인 이웃을 만났다. 아마 짐 옮기는 걸 도와주다가 처음 인사를 했던 거 같다. 그 집은 2층, 우리는 1층이어서 세탁실에서도 만나고, 산책하다가도 만나고, 어찌어찌 공구도 빌리고 하다가 마침내 저녁 초대까지 하게 되었다.

아이들은 방에서 놀고 어른들은 거실에서 김치부침개를 안주로 와인을 마셨다. 우리보다 일 년 일찍 온 그분들은 생활에 필요한 이런저런 조언을 해주었다. 몽땅 받아 적고 싶을 만큼 유용한 것들이었다. 유쾌하고 즐거운 대화 중에 박사님이 이런 말을 했다.

“참! 저희 어제 코스트코에 다녀와서 쥐 끈끈이 잔뜩 있는데, 한 박스 드릴까요?”

내가 무슨 말을 들은 거지? 쥐 끈끈이?

“쥐 끈끈이요? 그게 뭔데요?”

“쥐 잡는 거요. 캐나다 쥐들은 자그마해서 쥐덫보다 끈끈이가 효과가 더 좋아요.”

“쥐 끈끈이가 어디에 필요한데요?”

내 질문에 그 집 부부가 난처한 표정을 지었다. 그러더니 조심스럽게 말했다.

“여기 쥐 엄청 많아요.”

맙소사! 우리가 살던 집은 빌라 형태의 3층짜리 목조 주택이었다. 오래된 목조 주택에는 쥐가 들끓는다고 했다. 미국 유학했던 친구가 쥐랑 함께 살았다던 말이 그제야 이해가 되었다.

나는 뱀보다 쥐가 무서운 사람이다. 어릴 때 우리 동네에 태어난 지 얼마 안 된 꼬물거리는 생쥐를 소쿠리에 들고 다니며 자랑하던 아이가 있었다. 나는 직접 보지는 못하고 얘기만 들었다. 나중에 동네 어른들이 물었다. “생쥐들 어떻게 했어?”그랬더니 그 귀여운 꼬마가 이런 대답을 했다고 한다.

“돌로 콩콩 빻아서 다 죽였어요.”

그 얘기를 들은 뒤부터 나는 세상에서 쥐가 제일 무섭다. “왜? 뭐가?”라고 묻지도 마시라. 그냥 싫다. 싫은 정도가 아니고 소름 끼치게 무섭다.

그 부부의 얘기를 들은 뒤부터 지켜보니 집 안에 진짜 쥐가 많았다. 한국에서 보던 쥐의 3분의 1 크기의 작은 쥐들이 주방과 거실, 침실을 종횡무진 활보하고 있었다. 집 안에 쥐가 있을 거라고 상상을 못해서 그동안 몰랐던 거였다.

눈만 돌리면 쥐였다. 소파에 앉아 있다 보면 밤톨만 한 쥐가 텔레비전 아래로 후다닥 지나갔고, 방 침대 밑에서 몇 마리가 발발거리며 기어 나온 일도 부지기수였다. 곳곳에 끈끈이를 놓고, 방마다 문을 닫아도 소용이 없었다. 몸집이 작은 녀석들은 체조 선수처럼 그 작은 문틈 아래를 기가 막히게 통과했다.

아! 졌다! 나는 도저히 저 작은 생물체를 이겨낼 재간이 없었다.

끈끈이 사체 처리는 남편 몫이었다. 그토록 싫어하던 쥐랑 함께 살아야 하는 캐나다는 더 이상 심심한 천국이 아니었다. 그동안 눈에 보이지 않던 캐나다의 단점도 눈에 들어오기 시작했다. 무료 의료 시스템 때문에 급한 병은 미국 가서 치료를 받는다든지, 어마어마한 주거비, 세금, 느려터진 공공 시스템 등등. 가장 심각한 건 음식이었다. 웬만한 한국 음식은 다 먹을 수 있다지만, 그게 우리나라에서 먹던 것과는 뭔가 달랐다. 뭐든 다 있다고 해도 식품위생법 때문에 곱창이나 막창은 아예 먹을 수도 없었다.

귀국하기 전까지 노래를 불렀다.

"불판 위에서 지글지글 익어가는 막창구이 먹고 싶다."

그리하여 귀국하자마자 막창을 먹었다. 흑흑, 눈물 날 만큼 고소했다. 막창을 실컷 먹을 수 있는 이곳이 진짜 천국 같았다.

미국 사는 큰언니가 아이들을 귀국시키지 말고 자기네 집으로 보내는 게 어떻겠느냐고 제안했다. 일 년이면 너무 짧지 않으냐, 한국 가면 영어 다 까먹는다고. 하지만 영어고

나발이고 단호하게 귀국하길 얼마나 잘했나. 생쥐가 일깨워준 환멸 덕분에 알았다. 우리 가족은 한국 생활이 잘 맞는다는 걸.

꿈을 꾸는 이상 인간은 환멸을 겪을 수밖에 없다. 환멸의 폐허 위에 냉정하게 들어선 현실을 직시하며 우리는 어른이 되어간다. 그러다 보면 인간과 세상에 대한 기대와 호기심이 사라지는 날도 올 것이다.

부디 그런 날이 오지 않기를. 늘 기도한다. 환멸이 오더라도 인간에 대한 기대를 내려놓지 않기를. 죽을 때까지 어린아이의 호기심으로 세상을 바라볼 수 있게 되기를.

마을버스에서 있었던 일

내가 자주 이용하는 마을버스는 시내버스가 안 다니는 사각지대를 다니는 노선이다. 가파른 언덕이나 큰길에서 한참 떨어진 좁은 길로 다니다 보니, 맞은편에 오는 자동차나 트럭을 심심치 않게 만난다. 그럼 마을버스는 맞은편 차가 지나갈 때까지 한참 기다릴 수밖에 없다. 2차선이 안 나올 정도로 좁은 골목이어서 그렇다.

아무리 좁은 골목으로 다닌다고 해도 아무 데서나 승객을 태울 수는 없다. 엄연히 정류장이 있고, 정류장이 아닌 곳에서 손님을 태우는 건 법으로 금지되어 있으니까.

한번은 버스 정류장과 조금 떨어진 지점에서 부부로 보이는 중년 남녀가 손을 들었다. 마침 맞은편에서 자동차가

오고 있어서 마을버스가 멈춰 선 상태였다. 부부는 버스로 다가와 문을 두드렸다. 버스 기사는 못 본 체했으나, 그분들은 '두드려라 열릴 것이다'의 자세로 계속 문을 두드렸다. 결국 마음 약한 기사가 문을 열고 말았다. 부부는 천천히 마을버스에 올라서 자리를 잡았다.

"아니, 거기서 문을 두드리면 어떡해요? 버스 정류장 지났잖아요."

화가 단단히 난 버스 기사가 소리를 질렀다.

"왜 그래요? 저번에 여기서 버스 탔어요."

중년 여성이 변명하듯 말했다.

"누가요? 언제요? 누가 거기서 버스를 세워줍니까?"

"분명히 탔는데, 왜 저러실까?"

내 앞자리에 앉은 중년 남자도 계속 구시렁거렸다. 버스는 골목을 돌아서 제법 큰길로 들어섰다.

"여기가 첩첩산중 산골이에요? 버스 정류장 아닌 데서 손 들면 아무나 태워주게? 이거 CCTV 있었으면 제가 벌금 물어요."

기사분은 쉬지 않고 잔소리를 했다. 중년 부부는 몇 마디 구시렁거리다 입을 다물었다. 버스 안에는 기사와 부부, 그리고 나까지 딱 네 명이었다. 나까지 저 잔소리를 들어야 하니 고문이 따로 없었다.

"그냥 미안하다고 하세요."

부부에게 이 말을 하고 싶었다. 사과 한마디면 끝날 일 아닌가. 중년 부부도 운전에 집중해야 할 기사의 잔소리가 듣기 싫었을 것이다. 그런데 마땅히 해야 할 사과를 안 하니, 기사는 아까 했던 말을 또 하고, 또 하고 3절 4절까지 늘어놓았다. 그들이 얼마나 잘못을 저지른 건지 알려주려고.

뭐, 애초에 냉정하게 버스에 태우지 않았으면 좋았겠지. 하지만 우리가 누군가? 정이 많은 오지랖의 민족 아닌가. 자기도 모르게 호의를 베풀고 나서 뒤늦게 화풀이하는 거, 이건 정 많은 사람의 특성이기도 하다.

캐나다에 있을 때 놀랐던 일이 있다. 그들은 버스에서 몸이 약간만 스쳐도 "쏘리!"라고 말했고, 엘리베이터에서 기다려주면 어김없이 "땡큐!"라고 말했다. 지내면서 보니 그들은 '미안하다' '고맙다'가 입에 붙어 있었다. 거의 자동 발사였다.

샌프란시스코 여행 중에 한국인 단체 관광객을 본 적이 있었다. 유니언스퀘어 부근이었는데, 마침 점심시간이어서 거리가 북적였다. 가이드를 따라 인도를 걷던 관광객들은 자꾸만 거리의 행인과 부딪혔다. 뭐, 그럴 수도 있지. 문제는 그다음이었다. 한국인 관광객들이 미안하다는 말을 하지 않은 거였다.

'뭐 저런 사람들이 다 있지?'

이런 표정으로 발걸음을 멈추고 관광객을 노려보던 현지인을 여러 명 봤다. 요즘도 이런 일이 심심찮게 일어나는 모양이다.

"아니! 사람이랑 부딪혔으면 미안하다고 해야 할 거 아니야? 왜 모른 체 그냥 지나가는데? 같은 한국인으로서 너무 창피해."

미국이나 캐나다에 사는 지인들한테 이런 소리를 한두 번 들은 게 아니다.

생각해보면 나도 그랬다. 일부러 밀친 것도 아닌데, 미안하다는 소리를 꼭 해야 하나? 암묵적으로 우리는 이런 생각을 하는 듯하다. 반대 입장이어도 마찬가지. 문 열어주거나, 아이 둘을 네리고 다니는 아기 엄마의 짐을 잠깐 들어줬을 때 고맙다는 말을 들으면, 어쩐지 위선 같고, 오바 같다. 꼭 말을 해야 아나? 고맙다는 말 들으려고 베푼 친절이 아닌데? 뭐 이런 생각.

그런데 말을 해야 안다. 자기 마음을 자기도 잘 모르는데, 말을 안 하면 그 마음을 남이 어찌 알까? 부모 자식 간에도 마찬가지다. 내 마음 다 알아주겠거니 했다가 문제가 생기는 일은 너무 많다. 특히 사춘기 이후에는.

나도 언젠가부터는 미안하다, 고맙다는 말을 입에 달고 산다. 늘 고맙다고 말하니 상대방이 당혹스러울 수도 있다. 그런데 이건 가식이 아니다. 미안하지 않은 상황에서는 사과의 말이 튀어나오지 않고, 고맙지 않은 상황에서는 절대 고맙다는 말이 안 나오니까.

강연을 다닐 때, 가끔 내가 오은영 선생님인 줄 알고 인간관계에 대해 상담하는 친구들이 있었다. 잠깐의 만남에 짧은 얘기만 듣고서 내가 무슨 솔루션을 내릴 수 있을까? 그래도 최선을 다해서 대답은 한다. 그때마다 빼먹지 않는 말이 있다. '미안하다' '고맙다'만 적절하게 말해도 관계가 꼬일 일이 많지 않다고. 생각해보니 진짜 그렇다. 마을버스에서 있었던 일만 봐도 그렇고.

고난, 패배, 좌절이라는 선물

2019년 여름, 부산에서 전국 독후감 대회 심사가 있었다. 어느 재단에서 주최하는 자리였는데, 심사 위원은 작가, 교수 등 열두어 명 정도였다. 심사를 하기 전 재단 관계자들과 같이 점심을 먹었다. 다들 낯선 자리니 각자 소개를 한 뒤, 사교성이 좋은 분들이 대화를 주도해나갔다.

멍석만 깔아주면 폭풍 수다를 떨 능력이 충분하지만 낯선 자리인지라 나는 잠자코 밥만 먹었다. 그때 내 옆의 옆에 앉아 있던 작가가 말을 걸었다.

"작가님! 뵙고 싶었어요."

네? 저를요? 이 말이 당장 튀어나오려고 했다. 제가 왜 보고 싶어요? 저, 그냥 동네 아줌마인데요?

"네, 저도 작가님들 만나서 반가워요."

그냥 인사치레다 싶어 나는 이렇게 대꾸했다. 그랬더니 현직 고등학교 교사이기도 한 그분이 말을 이었다.

"체리새우 쓴 작가가 누굴까 궁금했거든요. 그런데 이렇게 나이가 많은 분인 줄 몰랐어요."

그분의 말에 다른 분들도 대체로 수긍하는 표정이었다. 이런 반응에 익숙했다. 《체리새우: 비밀글입니다》 작가가 10대나 20대인 줄 알았다는 소리를 많이 들었으니까.

"비결 좀 알려주세요. 10대 아이의 마음을 어떻게 그렇게 잘 표현할 수 있었는지."

그분은 또 물었다. 주목받는 게 부담스러워 나는 되는대로 둘러댔는데, 그분은 계속 질문을 했다. "이렇게 귀한 자리에서 제 얘기 말고 다른 이야기 하시면 안 될까요?" 이런 말을 할 수도 없고 참 난감했다. 준비된 상황이 아니니 생각나는 대로 막 지껄였는데, 어이쿠, 그분은 그날 나와 나누었던 대화를 바탕으로 한 이야기를 유튜브에 올렸다. 물론 나한테 허락을 받고서.

알고 봤더니 꽤 유명한 유튜버였다. 잠깐의 대화를 바탕으로 10여 분 방송을 뽑아낼 만큼 능력자였다. 그분이 링크를 보내줘서 방송을 봤다. 문학상 수상자가 되는 비법을 분

석한 내용이었다. 청소년을 진심으로 사랑하라, 자기가 잘할 수 있는 분야를 파라 등의 내용 가운데, 나의 관심을 끈 부분이 있었다. 그것은 내가 긴 세월을 지치지 않고 작품을 썼다는 대목이었다. 그런데 그게 놀랄 일인가?

맞다. 나는 공모에 번번이 떨어지면서도 긴 세월 동안 소설을 썼다. 최종심에도 몇 번이나 올랐다. 이게 문제였다. 예심에서 떨어졌으면 포기라도 할 텐데, '잘 쓰시네요, 그런데 어쩌고저쩌고' 이런 평을 들으면 다음에 더 잘 쓸 거 같은 생각이 들었다. 나처럼 운이 없는 사람을 본 적이 없다는 소리도 무지하게 많이 들었다.

"문운이 없나 보네. 굿이라도 한번 해봐요."

지도 교수였던 임철우 선생님이 이런 농담으로 위로를 해줄 정도였다.

이쯤 되면 그만둘 법도 한데 그럴 수 없었다. 소설 쓰는 거 말고는 달리 할 일이 없었다. 나라는 인간은 김치 담글 때마다 남편한테 제발 김치 좀 사 먹으면 안 되냐는 소리를 듣는 사람이다. 살림도 못하는데, 다른 직업을 가질 엄두도 안 났다.

무엇보다 읽고 쓰는 일이 없는 내 인생은 상상할 수도 없었다. 2005년에 엄마가 돌아가셨는데, 그해 처음 장편소설을 쓰기 시작했다. 읽고 쓰는 일은 나에게 일용할 영혼의 양식이자 마음 치유의 방편이었다. 긴 호흡으로 몰두할 일이 생기니 슬픔도 죄책감도 견딜 만해졌다.

그러니 공모에 떨어지는 게 무슨 대수인가. 물론 발표 날, 내 이름이 없으면 속상한 마음은 이루 말할 수가 없다. 그렇지만 대략 이틀만 지나면 감정이 수습되었다. 그다음에 다시 쓰면 되니까.

이런 세월이 10년도 훌쩍 넘었다. 그사이 나는 웬만한 실패에는 눈도 깜짝하지 않는 인간이 되었다.

생각해보니 늘 그랬다. 나는 소중한 것들을 실패 없이 얻은 적이 없다. 아이 둘을 얻기 전에는 유산의 아픔을 겪었고, 믿었던 사람한테 배신당한 일도 많았다. 언젠가 이 부분에 대해 생각해본 적이 있다. 나는 패배로 점철된 인생을 살아왔구나. 왜일까? 얼마 가지 않아 답을 얻었다. 내가 도전하지 않았으면, 인간을 사랑하지 않았으면 패배할 일도 없었을 거라고. 열정이 패배를 만들어낸 거라고.

거듭 실패하다 보니 패배에 대한 맷집도 장난 아니다. 그러니 잘나간다 싶을 때도 우쭐해한 적도 없다. 당연한 일 아닌가. 나는 성공과 실패가 씨실과 날실처럼 엮여 인생을 만든다고 생각하는 편이다. 승승장구하다가 중년에 미끄러지는 사례도 많이 보았다. 넘어지지 않고 걸음마를 배울 수는 없다. 소설 《모범생의 생존법》에도 언급했지만 생텍쥐페리의 기도문에 이런 말이 나온다.

'고난, 패배, 좌절은 인생에 주어진 당연한 덤이다. 우리는 그로 인해 분명히 성장할 것이다.'

진짜 그렇다.

창작의 고통 그리고 광주

2021년 가을, 대구 상인고등학교 작가 초청 강연에 초대되었다. 이런 행사를 하게 되면 사전에 내야 할 서류가 많다.

'대체 작가한테 왜 행정 업무를 시키는 거야?'

이런 생각은 전혀 안 든다. 왜냐하면 반드시 내야 할 서류 중에 '성범죄 조회 동의서'가 있기 때문이다. 성범죄자는 학교에 얼씬도 말라는 취지가 느껴져서 반갑고 든든하다.

서류를 다 작성해서 보냈을 때 담당 선생님께서 조심스럽게 물어왔다. 작가와의 만남 시작 전에 신문 동아리와 인터뷰를 할 수 있느냐고. 당연히 된다고 했다. 강연 끝나고 따로 길게 만나는 것도 아니고, 조금 일찍 도착하면 되는 건데, 거리낄 이유가 없었다.

그날 약속 장소인 학교 도서관에 내가 먼저 도착했다. 조금 있으니 수업을 마친 네 명의 학생이 왔다. 학생들을 보자마자 저절로 웃음이 나왔다. 수첩과 볼펜을 든 아이들이 너무 귀여웠다.

간단한 인사를 하고 인터뷰를 시작했다. 내가 너무 바쁜 척했나? 아이들은 조금 얼어 있었고, 질문은 많지 않았다. 신문 동아리라 그런지 질문이 남달랐다. 여태 많은 질문을 받았지만 '문학동네 청소년문학상 대상을 받은 결정적인 이유가 무엇이라고 생각하나?'라는 질문은 처음이었다. 아이들의 눈빛도 진지했다. 나도 나름대로 성의 있는 답변을 했다. 아니, 했다고 생각했다.

강연이 끝나고 KTX를 타고 오면서도, 집에 도착해서도 아무 생각이 없었다. 습관적으로 씻고, 머리를 말리고, 로션을 바르고, 숙면을 도와줄 텔레비전 프로그램을 찾았다. 이렇게 하지 않아도 굉장히 피곤한 하루여서 금방 잠이 쏟아졌다.

그런데 막상 자려고 하자, 잠이 싹 달아났다. 갑자기 인터뷰 때 내가 지껄였던 말이 생각났다.

질문은 이거였나.

“흔히들 많은 사람들이 가장 큰 고통은 창작이라고 말하는데, 소설이라는 장르의 책을 쓸 때 작가님은 주로 어디에서 영감을 얻으시나요?”

이렇게 진지한 질문에 나는 다음과 같이 대답했다.

“창작의 고통 없어요. 고통스러운 일을 뭐 하러 하겠어요. 즐거우니까 쓰는 거죠.”

영감에 관해서는 뭐라고 대답했는지 기억이 잘 안 난다. 비슷한 수준의 개소리를 늘어놓았을 것이다.

아! 내가 원래 이런 사람이다. 촐싹대고, 경솔하고, 경박하다. 생각이 깊고 신중하게 말하는 사람들은 나 같은 종족을 도저히 이해 못할 것이다. 사려라는 필터 없이 말이 먼저 튀어나오는 성정이 가벼운 사람의 애환을. 그래서 내가 글을 쓰기 시작했나 보다. 글이야 잘못 쓰면 고치면 되니까.

그 주 일요일, KBS 9시 뉴스 〈우리 시대의 소설〉에 한강 작가의 《소년이 온다》가 선정되었다. 4분여 동안 작품 소개, 한강 작가의 인터뷰, 평론가의 해설이 이어졌다. 한강 작가가 앉아 있는 배경을 보니 광주 전일빌딩 245인 거 같았다.

한강 작가가 말했다.

“가장 많이 느꼈던 감정은 고통이었어요. 압도적인 고통. 이 소설을 쓰는 동안에는 거의 매일 울었어요.”

작가의 그 말에 꾹꾹 눌러 담았던 나의 슬픔도 올라왔다. 화장실에 가서 펑펑 울었다.

5월 광주 이야기를 듣기 전에 나는 거의 날라리였다. 내가 상상하는 대학 생활은 디스코텍에서 춤추고, 미팅하고, 연애하고 그러다 시간이 나면 대학가요제에 나가는 거였다. 철없고, 생각 없고, 대책 없는 막내로 자라, 이런 기질은 지금이라고 별로 나아진 것도 없고, 앞으로도 바꾸기 힘들 듯하다.

선배가 광주 항쟁 이야기를 들려줄 때도 귀를 막았다. 그게 나랑 무슨 상관이냐고 스스로에게 주문을 걸었고 군부 정권이 만들어놓은 온갖 루머를 믿고 싶었다. 그런데 마음대로 되지 않았다. 믿고 싶지 않았던 그 일들이 차츰차츰 나에게 다가와 인생을 흔들었다.

사실 건조하게 이 이야기를 진술할 자신이 없다. 5월이면 광주에 내려가는 일이 많았다. 망월동 묘지에 가서 참배하고, 울고, 함께 시위할 사람들이 곁에 있었다. 그렇지만 이 역사는 논리적으로 납득도 안 되고, 감정의 파도도 가라앉을 기미가 안 보였다. 혼자 울면서 광주 밤거리를 많이 걸어 다녔다.

압도적 폭력의 환경은 독가스에 노출된 거랑 마찬가지다. 나는 숨을 쉴 수 없었다. 어쩌면 그 시절 우리 모두는 숨죽이고 살았다. 그저 살아 있으니 견디는 수밖에.

1990년대 후반 출간된 임철우의 장편소설 《봄날》 다섯 권이 나의 산소호흡기가 되어주었다. 5월 광주와 청춘도 없이 흘러가 버린 나의 20대와 부서진 멘탈로 놓쳐버린 인간관계에 대한 매듭을 지을 수 있었다. 어쨌든 그 소설 덕분에 나는 지금 여기에서, 국가로부터 주민등록을 부여받은 시민으로 살 힘을 얻었다.

나는 임철우 작가가 이 작품을 어떻게 썼는지 잘 안다. 그날 이후 긴 세월 동안 그는 작업실에 죽은 광주 시민들 사진을 붙여놓고 살았다. 글이 안 써질 때면 광주 망월동 묘지에 소주를 들고 찾아가 엉엉 울었다. 나는 그분이 내 생명의 은인처럼 느껴졌다. 결국 그분이 재직하는 대학원에 입학했고, 제자가 되었다.

"재미있는 영상이 쏟아지는 세상에 누가 책을 읽어?"

이런 말을 하는 사람을 꽤 많이 만났다. 이런 얘기는 20년 전에도 있었다. 사실 말할 필요가 없을 정도로 바야흐로 영상의 시대 아닌가.

하지만 나는 문학의 힘을 믿는다. 광주 희생자들이 묻힌 망월동은 국립묘지가 되었고, 5월 18일은 국가 기념일이 되었지만, 아직도 많은 사람이 광주를 앓고 있다. 나는 그 자리에 문학이 있다고 믿는다. 역사적 위무뿐 아니라, 인간 내면의 상처와 욕망을 가장 잘 표현하는 예술이 문학이라는 생각은 앞으로도 바뀌지 않을 거 같다.

임철우, 한강 그리고 역사의 고통을 온몸으로 끌어안은 작가들이 있었기에 광주는 역사의 명예를 얻었고, 우리는 아이들의 미래를 이야기할 수 있게 되었다. 이분들 덕분에 나는 마음 편하게 내가 좋아하는 사춘기 아이들 이야기를 쓰는 작가가 되었다.

하지만 인터뷰 때 '고통스러우면 글을 왜 쓰나'라고 했던 말은 아무리 생각해도 작가가 할 말이 아닌 거 같다. 내뱉은 말을 주워 담을 수도 없어서 지금도 괴롭다.

연예인보다 네가 더 예뻐

동네에 유명 걸 그룹 멤버가 된 아이가 있다. 내가 직접 아는 아이는 아니고, 딸아이랑 같은 초등학교를 나왔고, 이 동네 중학교 출신이라고 한다. 이 말을 하는 건 우리 아버지가 16대인지 17대 조상인지 하여튼 황희 정승을 '방촌 할배'라고 칭했던 거랑 같은 이유다.

'나 이런 사람이야! 이렇게 유명한 사람이 바로 우리 동네 살았다고.'

내가 모를 수가 없는 유명 걸 그룹이긴 하지만, 팬도 아닌데 우리 동네 출신인 줄은 어떻게 알았을까? 딸이 알려줘서 알았다.

"어? 이 친구, 우리 학교 나왔네. 학교 다니면서 어쩌면 봤을 수도 있겠어."

"집은 어디래? 혹시 우리 아파트 아닐까?"

"그건 모르지. 사는 곳까지 시시콜콜 알리지는 않는 거 같더라고."

우리의 대화는 여기까지였다. 만약 강연 때 이 말을 했다면 아이들이 난리가 났을 텐데.

"작가님! 사는 곳 어디예요?"

"저도 그 동네 이사 가고 싶어요."

"에이, 그 동네 살아도 못 볼걸. 걸 그룹들 다 숙소 생활하잖아."

그런데 나는 어릴 때도 연예인이 막 대단해 보이지 않았다. 스캔들이나 터져야 관심을 가졌을까. 그렇지만 연예인 전반에 대한 느낌이 그랬다는 거고, 좋아하는 연예인한테는 달랐다.

지금도 내 앨범에는 '산울림' 활동 초기 사진들이 있다. 오래전 산울림 인터뷰 나온 잡지에서 오린 거다. 스무 살적, 쓸쓸한 어느 날에 산울림이 산다는 방배동 골목을 혼자 돌아다닌 적도 있었다. 우연히 마주치면 뭐라고 인사하지? 팬입니다. 사인해주세요! 하며 달려드나? 혼자 이런 상상을 하며 김칫국을 마셨다.

그러다 정동 세실극장에서 산울림의 김창완을 직접 봤다. 바로 코앞에서. 그때는 산울림이 해체되어 김창완과 객원 가수가 공연을 했다. 1집부터 9집까지 내가 좋아하는 노래를 불러주기를 원했으나 그날은 주로 〈기타가 있는 수필〉 음반에 나온 노래를 불렀다.

오랜 소원을 풀어서 좋았다. 더불어 산울림에 대한 환상도 깨졌다. 그 자리에 산울림 노래와 그 노래를 듣던 어린 시절의 나만 냉정하게 남았다.

그날 동행했던 과 친구가 있었다. 얼굴은 기억나는데, 이름은 모르겠다. 착하고 참하고 좋았던 그 친구는 지금 어디서 무얼 하며 살까?

방송 시작 전이면 어김없이 '다시 찾은 우리의 젖줄, 우리의 한강!'이라는 노래가 나오던 시절이었다. 그 무렵, 롤러스케이트를 타러 지금은 사라진 여의도광장에 뻔질나게 들락거렸다. 아마 시간당 500원이나 1,000원 정도였을 거다. 롤러스케이트를 빌려 타고 놀다가 포장마차에서 떡볶이를 사 먹거나 막 개발을 시작한 한강변을 산책했다.

당시에는 KBS, MBC 방송국이 여의도에 있어서 오며 가며 연예인을 볼 수 있었다. 이경규랑 다른 개그맨들이 지나가는 걸 본 적도 있고, 방송국 근처에서 가수 남궁옥분도 봤다. 지금은 활동하지 않는 배우, 가수도 꽤 봤는데, 다들 이웃집 언니 오빠처럼 친근하게 느껴졌다.

1990년대 초였을 것이다. 어느 날 여의도에서 모임 일행과 헤어져 버스를 기다리던 때였다. 어스름한 저녁, 저 멀리서 어떤 연예인을 보게 되었는데, 그 상황이 비현실적으로 느껴졌다. 텔레비전에서 자주 봤던 가수 강수지가 분명한데, 여러 사람에 둘러싸여 있던 그녀는 사람 같지가 않았다.

살면서 그토록 마른 사람을 본 적이 없었다. 타인의 외모 품평하는 게 나쁘다는 걸 알면서도 이런 말을 할 만큼 충격이었다. 화면으로 볼 때는 만화에서 방금 튀어나온 공주 같았는데, 실제로 보니 거의 젓가락 몸매였다.

"이상한 아줌마네. 다들 그래요. 깡말라야 화면이 잘 받거든요."

이런 반응이 나올 거라는 걸 안다. 요즘 연예인은 다들 비슷하게 말랐으니까.

인기 있는 가수를 '아이돌'로 부르기 시작한 것도 그 무렵부터였다.

'아니, 우상을 뜻하는 철학 용어 '아이돌'을 왜 가수한테

붙이지?'

이런 반발심이 있었는데, 요즘은 '10대 청소년에게 인기 있는 가수'라는 뜻으로 '아이돌'이 사전에까지 등재되었다. 대중 예술인이 우리에게 주는 큰 위로를 생각하면 이제는 그러려니 받아들이는 편이다.

최근에야 알았다. 연예인을 봐도 내가 놀라거나 환호하지 않았던 이유를. 자라면서 내가 봤던 연예인은 우리가 사는 세계랑 동떨어진, 하늘에 사는 스타가 아니었다. 그들은 동네 언니보다 조금 예뻤고, 동네 오빠처럼 친근했다.

요즘은 그런 연예인은 없는 듯하다. 못생긴 콘셉트로 나온 연예인도 직접 보면 날씬하고 예쁘다고 한다. 가장 최근에 본 연예인은 영화 〈GP 506〉 시사회에 갔다가 본 배우 조현재였는데(헉! 10년도 훌쩍 지난 일이다), 그가 등장하자마자 객석에서 탄성이 터졌다.

"와!"

옆에 앉아 있던 영화 평론가 친구랑 동시에 말했다. 진짜 잘생겼다!

이 세상 사람이 아닌 것 같았다. 요즘 연예인들은 진짜 하늘에 사는 스타처럼 보인다. 예쁘고 잘생긴 사람하고는 다른 차원의 외모를 가진 사람.

타고난 사람도 있지만, 대부분은 몸매를 위해 죽지 않을 정도로만 먹는다고 한다. '프로아나(pro-anorexia의 준말, 거식증을 동경하고 찬성하는 사람)'라는 용어까지 등장한 걸 보면 우리나라만의 문제는 아닌 듯하다. 외모 관리는 기본이고, 성형과 시술도 거의 보편화되었다. 병원이 만들어낸 비슷한 외모, 비슷한 몸매, 비슷한 스타일, 비슷한 말투. 내 또래 연예인들은 늙지도 않는다. 바야흐로 육체 전성시대다.

문제는 죽도록 노력해서 만든 외모로 성공해야 하는데, 실제로 보면 성공은 외모순이 아닌 듯하다. 외꺼풀 눈에 시술 별로 안 한 자연스러운 얼굴의 배우가 주인공이 되는 걸 보면.

내가 본 영국 드라마에는 평범한 외모의 배우가 많이 나온다. 나처럼 뚱뚱하고 주름도 자글자글한 동네 아줌마가 주인공인 드라마도 있고, 다른 등장인물들도 대체로 동네에서 흔히 보는 외모다.

언젠가 시내버스에서 여학생들이 하는 대화를 듣게 되었다. 한 아이가 그동안 모아둔 돈으로 방학 때 걸 그룹 멤버랑 똑같은 코로 수술을 하겠다고 했다. 그때 끼어들고 싶은 걸 참느라 혼났다. 당시에는 말 못하고 이제야 말한다.

"시내버스에서 코 수술 하겠다고 말했던 친구야. 너 뒷자리에 앉았던 아줌마가 지금 말한다. 네 코가 훨씬 예뻐. 빈말 아니고 진짜야. 네가 예쁘다는 걸 왜 모르니? 절대 수술하지 마."

청소년 문학을 하는 이유 중 하나도 이 때문이다. 작품으로든 강연으로든 지치지 않고 말할 거다. 진정한 매력은 개별성에서 나오는 거라고, 연예인보다 네가 훨씬 예쁘다고.

평가는 권력

미국의 한 명문 사립고에 다니는 남학생들이 정학 위기에 처했다는 얘기를 들은 적이 있다. 같은 학교 여학생들의 외모 평가로 순위를 매긴 SNS 글이 발각되었기 때문이다. 내막은 이랬다.

여학생들을 쳐다보며 킬킬거리는 남학생 무리가 있었다. 자기들끼리 눈빛을 교환하며 키득거렸다는데, 시선 폭력을 당한 여학생들은 다들 불쾌해했다. 이상한 낌새를 눈치챈 학생 하나가 집요하게 추적했고, 마침내 남학생들의 SNS 글을 입수해서 학교 측에 고발한 거였다.

내용은 참으로 가관이었다. 성희롱이 난무한 얼굴 평가, 외모 평가 글이 대부분이었고, 그걸 토대로 예쁜 여자 순위,

최악의 순위도 함께 매겼다고 한다.

어? 어디서 많이 듣던 얘기 아닌가? 이게 학부모 입김이 센 사립학교에서 일어난 일이니 처벌까지 논의하게 된 거지, 어느 사회에서나 심심치 않게 일어나는 일 같다.

어쨌든 가해 남학생들은 처벌받지 않았다. 대신 피해 학생들이 납득할 때까지 매일 반성문을 쓰기로 했다. 글을 써서 전교생이 볼 수 있는 게시판에 올리고 평가를 받기로 했다고.

피해자들과 합의했다니 합리적인 판결이라는 생각이 들었다. 정학 한 번 받으면 명문대 진학이 어려워지니, 한 번쯤은 반성할 기회를 주었을 것이다. 특히 반성문을 전교생이 평가했다는 대목이 마음에 들었다. 자기들도 당해봐야 안다. 평가를 당하는 게 어떤 건지. 가해자들이 한 행동에 비해서는 턱없이 가벼운 처벌이긴 하지만, 어쨌든 미성년자고 하니까.

거의 숨 쉬듯 타인을 평가하는 사람을 본 적이 있다. 사실은 한두 명이 아니다.

"허리가 너무 길잖아. 저런 사람은 힐을 신지 않으면 웃길 거 같아."

"저 얼굴로 어떻게 살아? 성형하려면 견적 많이 나오겠다. 그 돈 없으면 공부나 해야지 뭐."

외모 평가만이 아니다.

"그 애 출신 보면 답 나오지. 그쪽 지역 사람들 기본적으로 위생 관념이 없어."

"밥 먹을 때 쩝쩝 소리를 얼마나 내는지, 토할 거 같아. 없이 사는 거 자랑하는 거야, 뭐야? 진짜 며칠 굶은 애 같았어."

"먹는 거 밝히는 사람 보면 죄다 못사는 집 애들이야. 분명해."

심지어 나한테는 요따위 말을 하는 사람도 있었다.

"앗! 동남아 사람인 줄 알았네. 가까이서 자세히 보지 않으면 너 그쪽 사람 같아. 아니면 아프리카계 혼혈?"

어쩌라고!

"내 피부가 까맣다고 당신한테 피해 준 거 있나요?"라고 항의하고 싶었지만 아무 말도 못 했다. 그 말을 기분 나빠하면 내가 동남아와 아프리카에 편견이 있는 사람으로 찍힐까 봐서.

"전 제 피부색이 마음에 들어요. 피부가 까매서 파리똥 싸놓은 것 같은 잡티도 잘 안 보인답니다. 하얘지고 싶은 마음 눈곱만큼도 없어요. 파운데이션도 한국 화장품은 까만 피부에 맞는 색상이 없어서 외국 브랜드랑 섞어 써요."

이런 변명도 떠올랐지만 구질구질하게 보일 거 같아서 말았다.

동물적 감각으로 알았다. 내 피부가 까맣다는 말을 저렇게 신이 나서 말하는 목적이 뭔지. 내 외모가 열등하다는 판단을 한 거고, 그 평가를 나한테 주입시켜서 마침내 내가 자기보다 서열이 아래라는 걸 입증하고 싶은 거다. 심리학자가 쓴 책에서 읽었다. 평가를 즐기는 사람은 권력에 대한 욕망이 있다고. 평가의 화살이 나와 내 주변으로 향할 때는 그 사람이 나를 지배하고 싶어서 그렇다고 한다.

유리 멘탈로 살던 남자가 어른이 되어 자존감을 만들어 가는 과정을 담은 책을 읽었다. 그는 자기가 왜 늘 위축되었는지, 왜 그토록 자존감이 낮았는지 아빠가 되어서야 원인을 알아낼 수 있었다. 부모님 때문이었다. 그분의 부모님은 자기의 일거수일투족을 평가하는 분이었다. 늘 평가당하는 포지션에만 있다 보니, 자존감은커녕 자아가 생길 틈이 없었다.

타인을 평가하려 들고, 뒷담화를 즐기는 사람들의 공통적인 특징은 자존감이 낮은 것이라고 한다. 혼자서는 자존감을 세울 수 없어서 타인을 지적하고 평가함으로써 우월감을 느낀다고.

딸이 대학 들어가서 사귄 애인이 그런 유형인 거 같았다. 선배인 그는 딸에게 지속적으로 부정적인 평가를 주입했다. 말하자면 가스라이팅을 당한 건데, 존중받고 자라 자존감도 높았던 아이가 사랑하는 사람한테 시시콜콜 나쁜 아이라는 평가를 받다 보니 얼마나 혼란스러웠을까. 결국 헤어졌는데, 딸은 이후에도 오랜 기간 트라우마에 시달렸다. 그러다 시간이 흘러 그 일을 잊고 잘 지낼 때도 불쑥 전 애인이 생각난다고 했다. 과거 때문이 아니었다.

딸이 말했다. 간혹 그를 떠올릴 때마다 왜 불안한 건지. 옛 애인은 타인에 대해 시시콜콜 평가하고 뒷담화를 즐겼다. 이전에 사귀었던 여자들 혹은 타인에 대해 어떻게 평가했는지 딸은 그가 한 말을 잘 기억하고 있었다. 둘은 겹지인이 많은데, 오늘 이 시점에서도 딸은 그가 자기에 대해 어떻게 떠들고 다닐지 두렵다고 했다.

그때 딸한테 단호하게 말했다. 그 친구가 너에 대해 어떤 말을 떠들고 다니든 신경 쓰지 말라고.

이 말이 정답이다. 우리는 타인을 평가하고 뒷담화하는

사람을 통제할 수 없다. 떠드는 그들이 잘못인 거다. 그리고 헤어진 애인에 대해 시시콜콜 뒷담화하는 사람을 보면, 그가 어떻게 생겼고, 어떤 위치에 있든 무조건 찌질해 보인다.

그런데 타인을 한 번도 평가한 적 없고, 지적질도 안 하고, 편견이 털끝만큼도 없는 사람이 과연 있을까? 사실 나도 남 뒷담화를 한다. 세상에 재수 없는 인간 뒷담화만큼 재미있는 일이 또 있을까.

무턱대고 뒷담화를 하는 건 아니다. 나만의 원칙이 있다. 첫째, 나한테 직접 피해를 준 사람에 대해서만. 둘째, 나한테 영향을 준 사람에 대해서만(특히 배신자들). 잘 알지도 못하는 타인에 대해 함부로 평가하지 않겠다는 뜻이다.

나랑 상관없는 누군가를 열나게 씹고 싶을 때는 권력자만 도마 위에 올린다. 주로 정치인이고 연예인을 포함한 셀럽도 가끔 등장한다.

몇 년 전 절친이랑 명동 맥줏집에서 영화감독이랑 여배우가 불륜을 저지른다는 수다를 떨면서 얼마나 재미있어했는지 모른다. 나중에 두 사람의 스캔들이 뉴스로 나왔는데, 그때의 짜릿함을 잊을 수 없다.

뒷담화나 타인에 대한 평가를 전혀 안 하는 인생은 상상하기 어렵다. 다만 생각한다. 좋은 사람이랑 모이면 너와 나의 이야기, 그리고 공통의 관심사에 대해서만 대화하려고 한다. 남 험담은 작작 좀 하고.

입시를 대하는 아빠의 태도

〈응답하라 1988〉 드라마를 재미있게 보았지만 나는 동네 사람들하고는 그저 인사만 하고 지낸다. 누군가 다가오려는 신호를 보내면 무조건 철벽을 치는 편이다. 왜냐? 나는 감출 게 너무 많은 사람이다.

둘째가 아기였던 오래전, 큰아이 유치원 친구 엄마들이 우리 집에 온 적이 있었다. 왜 왔지? 이유는 기억이 안 나고, 나도 잠시 엄마들과 우르르 몰려다니던 시절이 있었는데 그 무렵이었던 듯하다. 아마도 중국 음식을 시켰던 듯하고, 늘 그렇듯이 이런저런 수다를 주고받았다. 그 와중에 나는 잠이 깬 둘째를 업고 종종걸음으로 식탁에 과일과 주스를 날랐다. 그때 한 엄마가 나에게 말했다.

"○○ 엄마는 살림하기 진짜 싫은가 봐."

그러자 다른 엄마들까지 일제히 나를 쳐다보았다. "어휴! 한심해!" 엄마들은 눈빛으로 내게 말했다. 앗! 들켰네. 얼굴이 다 화끈거렸다.

살림을 더럽게 못하는 사람 뽑는 대회가 있다면 적어도 동메달 정도는 받을 것이다. 아들이 고등학교 다닐 때 친구 집에 갔다가 놀라서 한 말이 있다.

"엄마! 걔네 집은 아무 때나 손님이 와도 되겠더라. 집이 엄청 깨끗해."

손님 올 때면 대청소를 해야 하는 집에서 자라서 그랬다. 아이들한테 미안해서 나도 노력을 해봤다. 그런데 집안일 면제였던 막내로 자란 데다, 저질 체력에, 살림에 대해 보고 배운 거 없어서 그런지, 나는 노력해도 '아무 때나 손님이 와도 되는' 경지에 다다를 수 없었다. 그래서 포기! 난 안 되나 보다 하고 대강 산다. 하루에 청소기 한 번 밀면 끝! 주방에 기름때 있어도 못 본 체한다. 가끔 시간 나면 한꺼번에 몰아서 할 때도 있고.

어쨌든 이런 사연으로 인해 이웃 주민을 만나면 데면데면할 수밖에 없다. 엘리베이터에서 만나도 기껏 눈인사나 하든지 날씨 얘기만 한다.

그런데 한 분한테 걸렸다. 인사성 밝은 그분(편의상 철수 엄마라고 하자)은 나만 보면 자꾸 말을 시켰다.

"그 집 아들 어느 고등학교 다녀요? 새벽에 셔틀버스 타는 거 봤는데, 이 동네 학교 아니죠?"

이러거나,

"딸내미가 어찌 그리 예뻐요? 지금 2학년이죠? 공부 잘하는 거 같던데 학원은 어디 다녀요? 우리 애가 다니던 학원 끊었는데, 분위기 망치는 애가 하나 들어와서……. 학원은 실력도 실력이지만, 분위기가 중요해요. 그 집 딸내미 다니는 학원은 어때요?"

이런 식이다. 하여튼 〈응답하라 1988〉의 정봉이 엄마처럼 정 많고 오지랖 넓은 스타일 같았다. 말 몇 마디 섞으면 순식간에 언니 동생 하며 우리 집에 오겠다고 할까 봐, 나는 묻는 말에만 대답하고 곁을 안 주려고 무지 노력했다.

그러던 어느 날 아파트 단지에서 철수 엄마랑 마주쳤다. 역시나 눈인사만 하고 지나가려고 했는데 그분이 성큼 나에게 다가왔다.

"나, 우리 애 아빠 때문에 미쳐요. 어떡하면 좋아요?"

다짜고짜 말했다. 헉! 내게 왜 이런 말을!

나는 꼼짝없이 철수 엄마한테 붙잡혔다. 그분은 다다다다 자기 얘기를 늘어놓았다. 나랑 이런 얘기를 해도 되는 관계인지 따질 겨를이 없을 정도로 절박해 보였다.

요약하자면, 철수가 고 3이 되자 아빠가 이상해졌다는 거였다. 자라면서 아이 교육에 그다지 관심도 없었고, 철수 엄마가 학원을 알아보러 다닐 때마다 '성적보다 인성이 중요하다'는 하품 나는 소리만 하던 분이었다고 했다. 그래 놓고 철수가 고 3이 되자 갑자기 칼퇴근하면서 입시에 대해 과한 관심을 가지기 시작했다고.

"아니, 자기가 대학 입시에 대해 뭘 알아? 수시와 정시도 이제 겨우 알아낸 사람이? 그래 놓고 봉사 활동은 시간 낭비라고 우기질 않나, 고 3이 동아리 모임을 왜 하느냐고 따져요. 이걸 일일이 설명하다가 몇 번이나 싸웠는데, 문제는요……."

여기까지 말한 뒤, 철수 엄마는 고개를 절레절레 흔들었다.

"철수가 잠들 때까지 자기도 안 자고 컴퓨터 해요. 아이 방문을 열어놓게 해놓고 문 앞에서요. 왜 그런지 알아요? 아이 혼자 공부하는 거 힘들고 외로울까 봐 같이 있어주는 거래요."

"철수는 뭐래요?"

"미칠 거 같대요. 자기 감시하는 거 같대요. 나 어쩌면 좋아요? 철수 힘들다고 그냥 들어가 자라고 했더니, 애가 고 3인데, 가족이 최선을 다해야 된대요. 나까지 미치겠어요."

그 얘기를 듣는데, 나까지 돌아버릴 거 같았다.

'철수 아빠! 제발 애 좀 그냥 내버려 두세요. 입시 망칠 작정이세요?'

이런 글귀가 적힌 머리띠 두르고 그 집 앞에서 시위하고 싶었다.

그날 철수 엄마와 아파트 단지 벤치에 앉아 한참 동안 콩이야 팥이야 수다를 떨었다. 나도 할 말이 많았다. 직접 듣거나, 전해 듣거나, 인터넷 커뮤니티에서 봤던 이런 사례가 한두 건이 아니다.

아이가 원하던 대학에 떨어지자 이혼 직전까지 간 집도 있었다. 아이 아빠가 엄마한테 "너는 그동안 아이 교육도 신경 안 쓰고 뭐 했냐!"며 다그치더라는 거였다. 그 엄마는 결국 몇 달 동안 상담을 받으러 다녔다.

사실 남 얘기도 아니다. 그 정도까지는 아니지만, 아이들이 입시생일 때 나의 남편도 만만치 않았다. 이렇게 복잡해진 입시에 너무나 당연하고 지당하신 문제 제기를 자주 늘어놓았다. 바빠 죽겠는데, 내가 왜 이런 설명까지 해야 하나 싶었던 때가 한두 번이 아니었다. 당시에는 아빠의 무관심이 진리라는 농담이 통용되던 때였다. 그런데 아빠가 된 입장에서는 그게 잘 안되는 모양이었다.

그동안 관심 없던 아빠들이 갑자기 이러면 아이와 엄마는 당황할 수밖에 없다. 이렇게 험한 세상에 생때같은 자식을 내놓으려느니 아빠들도 불안하겠지. 그 첫 단추인 대학입시에 손 놓으면 안 될 거 같으니 관여하고 싶을 거고. 하지만 그 관심이 아이를 괴롭히는 방향으로 나타나는 사례가 많으니 어떡하면 좋을까?

흔히 말한다. 조부모의 재력, 엄마의 정보력, 아빠의 무관심이 입시 성공의 조건이라고. 이 세 조건에 동의하는 건 아니지만, 오죽했으면 아빠의 무관심이 입시 성공의 비결이라는 말이 나왔겠는가.

그런데 요즘 분위기는 좀 다른 거 같다. 〈바짓바람 시대-1등 아빠의 조건〉이라는 방송을 보니 아이의 입시에 적극적으로 관여하는 아빠들이 많아진 거 같다. 방송에 나온 분들은 세상 물정도 모르면서 느닷없이 간섭하는 아빠들이 아니었다. 입시 설명회도 다니고, 적극적으로 조언도 해주고, 멘토 역할도 한다고 하니, 정말이지 응원하고 싶은 아빠들이다.

하긴 아빠든 엄마든 뭐가 중요한가. 선생님도 마찬가지. 힘들고 고단한 입시 레이스에 서 있는 아이들에게 어른들이 할 일은 간단하다.

'간섭 말고 관심!'

사랑이 바탕이 된 관심이 없으면 섣불리 끼어들지 말아야 한다. 잘 모르면 찾아보고, 아이한테 가장 적합한 조언이 무언지, 도와줘야 할 부분이 어디까지인지 깊이 생각해보고 관여하든지 말든지 했으면 좋겠다. 뭐, 이런 말을 하는 나도 잘한 건 없지만.

목표한 대학은 아니지만, 철수는 대학에 합격했다. 철수 엄마는 재수는 하지 않게 되어 다행이라며 좋아했다. 반수를 하는 게 어떻겠느냐고 아이를 들볶는 아빠를 차분히 설득할 여유도 생겼다고 했다.

마음 같아서는 그냥 원하는 사람은 전부 대학에 입학시켰으면 좋겠다. 차라리 졸업 자격시험을 치르게 하면? 그건 또 그거대로 힘들겠지. 통과의례라지만 아이들이 고생하는 걸 지켜보는 건 좀처럼 적응이 안 된다. 그렇다고 도와줄 방법도 없고.

진짜 친구를 알아보는 법

전교생을 대상으로 강연하는 경우도 있다. 이럴 때 질의응답은 쉽지 않다. 마이크가 왔다 갔다 해야 되니 진행자의 수고가 이만저만이 아니다. 학생들도 벼르던 질문이 있어야 용기를 내 손을 드는 편이다.

어느 학교에서 사회자가 마지막 질문을 받겠다고 했다. 그때 저 뒷자리에 있던 남학생이 손을 번쩍 들었다. 진행을 돕는 학생이 질문자에게 마이크를 넘겼다. 마이크를 받아 든 아이가 잠깐 심호흡을 했다.

"다현이랑 설아랑 마지막에 싸우잖아요. 설아가 영화 보고 오다가 우연히 마주친 그날이요. 그 장면에서……."

아이는 여기까지 말한 뒤 또 한숨을 내쉬었다. 할 말은 많은데, 정리가 잘 안되는 듯 보였다.

"다현이가 설아한테 막 쏘아붙이잖아요. 그게 싸우는 건데, 제 생각에는요. 그 장면이 《체리새우: 비밀글입니다》에서 뭔가, 진짜……."

이 대목에서 또 깊은 한숨. 그리고 침묵이었다. 몇몇 아이가 뒤돌아 그 학생을 쳐다보았다. 질문을 재촉하는 눈길이 느껴지자, 남학생은 다시 큰 호흡을 한 뒤 말했다.

"제가 무슨 질문을 하려는 건지 잘 모르겠는데요. ……하여튼 다현이가 계속 당하기만 하다가 자기 할 말 다 하니까……."

이 대목에서 학생은 약간 울먹였다.

"제가 하고 싶은 말은 다현이가 당하기만 하다가 자기 할 말 다 하니까 좋았어요. 사이다였어요. 그 부분 써주셔서 감사합니다."

그러고는 마이크를 넘긴 뒤 자리에 앉았다. 울컥했던 감정을 금방 수습하고 유쾌하게 마무리 지은 걸 보면 성정이 밝은 거 같았다. 그래서인지 재치 있는 사회자가 박수를 유도했다. 박수가 쏟아지자 질문자 학생이 의자에서 벌떡 일어나 인사를 했다. 질문을 할 때는 수줍음이 많은 줄 알았는데, 인사를 할 때는 익살맞게 손까지 흔들며 활짝 웃었다.

강연이 끝나고 오는데 계속 그 학생이 생각났다. 질문과 하고 싶었던 말, 그리고 말로 번역되지 못한 그 아이의 마음이 느껴졌다. 아마도 비슷한 일을 겪었겠지. 그런데 제대로 항의하지 못했을 거 같은 생각이 들었다.

《체리새우: 비밀글입니다》는 여학생들 이야기지만, 남학생들도 거기에 공감한다는 말을 들었다. 사실 작품을 통해 친구 간에도 권력관계가 작동하는 걸 보여주려고 했다. 왕따처럼 분명하고 직접적인 경우가 아니더라도 이런 일은 또 얼마나 흔한가.

그 장면을 넣을까 말까 고민을 좀 했다. 큰 충돌 없이 주인공이 이 문제를 극복할 수 있었으니까. 직접적인 폭력, 싸움 없이도 갈등을 해결할 방법은 얼마든지 있다. 게다가 나는 다른 사람이 싸움하는 걸 보기만 해도 심장이 벌렁거릴 정도로 갈등 관리에 취약한 편이다. 그런데 '내가 다현이라면?'을 계속 생각하다 보니 이 대목을 꼭 넣어야 할 것 같았다. 안 그러면 주인공이 이 관계에서 벗어난 뒤에도 찜찜함이 남을 거 같았다.

그 장면을 통해 학생이 위로를 얻었다니 다행이다. 그런데 학생이 울먹이며 한 얘기가 무슨 소리인 줄 몰라서 그날 아무 대답도 못했던 게 아쉬웠다. 그 자리에서 뭐라도 위로의 말을 보탰으면 얼마나 좋았을까. 그런데 지금도 적당한 위로의 말을 못 찾겠다.

사실 타인을 위로한다는 건 쉬운 일이 아니다. 학습된 위로의 말은 많지만, 상황에 따라 그 말은 식상하게 들릴 수도 있다. 내가 절박한 경우 상대의 뻔한 위로는 오히려 상처가 될 수도 있다.

오래 알고 지내다 보니 편해진 지인이 있다. 그렇다고 언니, 동생 하는 사이까지는 가지 않은 그런 관계.

오래전 일이다. 이분이 어느 날 전화를 걸어왔다. 속상한 일이 있는데 잠깐 통화할 수 있냐고. 이분 딸이 대학에 합격했다고 했다. 그 아이를 나도 두어 번 본 적 있었다. 참하고 단정하고 예쁜 아이였다. 축하받아 마땅한 일에 왜 속상하다고 하시지?

"친정 부모님하고 시부모님 말고는 진심으로 기뻐해주는 사람이 없더라고."

말로는 축하한다고 하는데 주변 사람들의 반응은 하나같

이 뜨악했다고 한다. 얼마나 당혹스러웠으면 나한테 전화하셨을까 싶었다. 왜냐하면 이분은 입만 열면 자식 자랑, 남편 자랑하는 부류와는 거리가 멀었다. 자식에 대한 헌신을 행여 딸의 성취로 보상받고 싶은 마음이 들까 봐 스스로 경계하는 분이었다. 다행히 입시 운이 따라주어서 딸은 원하던 대학에 합격했다. 딸이 좋은 대학에 합격했다고 동네방네 자랑하는 일도 당연히 없었다. 양가 부모님에게만 연락을 드렸고, 합격 여부를 궁금해하는 사람들에게만 입시 결과를 말해주었는데, 하나같이 저런 반응을 보이더라는 거였다.

이해는 갔다. 자식 교육에 올인하는 사람도 많은데, 이분 딸은 동네 학원만 다니고도 그 대학에 합격했다. 요행처럼 보였을 거고, 자연스럽게 애를 써도 안 되는 자기 처지를 생각했을 테지. 그러니 선뜻 축하한다는 말이 안 나왔을 거다. 심지어 그분의 친한 친구는 이런 말을 했다고 한다. 딸이 합격한 그 대학, 요즘 시세 팍 떨어졌다고, 평판도 나빠졌고, 졸업해도 취직도 잘 안된다고, 입학한 학생들이 죄다 후회한다는데, 괜찮겠느냐고.

"내가 힘든 일 겪을 때는 주변에 사람이 많았어. 그래서 내가 친구가 많은 줄 알았지. 그런데 좋은 일 생기니 마음껏 축하해주는 친구는 없네."

그분은 여기까지 말한 뒤 한숨을 쉬었다.

"하긴 축하하는 것보다 위로가 쉽기는 해. 위로의 말은 많잖아. 그런데 속으로는 남의 불행을 보면서 자기의 처지를 안도하거나 우월감을 느끼는 걸 많이 봤어."

그래서 별로 친하지도 않은 나한테 전화한 거였다. 이분 말에 깊이 공감했다. 타인의 불행을 보면서 즐거워하는 평범한 인간의 악마성에 관해서는 박완서 작가님의 소설에 많이 나온다. 제목은 기억 안 나는데, 나락에 빠진 주인공이 타인의 불행을 채집하고 다니는 영화도 있었다.

시간이 좀 지난 후, 그분이 나에게 진정한 친구 판별법을 알려주었다. 자기가 가장 멋진 모습이 되었을 때 진심으로 축하해주는 친구가 진짜 친구라고. 그분의 이런 말들이 소설 쓰는 데 큰 도움이 되었다.

그런데 한편 생각해보면, 같은 사람이라도 경우에 따라 선뜻 축하하기 어려울 때도 있지 않을까? 만일 그분의 딸과 내 아이가 또래고, 비슷한 시기에 입시를 치렀는데, 그분 딸만 잘되고 내 아이는 입시에 실패했다면 선뜻 축하의 말이 나올 수 있을까?

부모 말고 상황과 관계없이 무조건 나를 지지해주는 사람은 없는 거 같다. 그러니 타인의 태도 때문에 서운하거나 속상해할 것도 없다.

다만 배려와 존중, 그리고 적당한 거리가 있어야겠지. 적당한 거리만 있으면 내 처지가 나빠도 진심으로 축하해줄 수 있다. 상대방과 나를 비교하지 않게 될 테니까. 어쨌든 이 경지도 쉽지는 않다.

그것보다 더 중요한 게 있다. 나는 친구 간에 서열이 느껴진다면 좋은 친구는 아니라고 생각한다.

질문하라고 했을 때 울먹이던 그 친구에게 할 말이 지금 생각났다. 너를 무시하고, 할 말도 못하게 만드는 친구는 친구가 아니라고. 이제 그만 잊으라고. 그런 친구는 네가 속상해할 가치도 없다고.

4장

친애하는 청소년의 세계

어떤 형제

글쓰기 과외를 할 때, 형제가 내 수업을 들은 적이 있었다. 학년이 다르니 팀도 달랐다. 형이 먼저 시작했고, 동생은 자기 학년 그룹이 만들어지면서 합류했다. 동생 그룹 수업이 시작되기 전, 형제의 엄마가 나에게 말했다.

"얘는 지 형이랑 많이 달라요. 큰애처럼 생각하시면……."

여기까지 말한 후 그분은 큰 한숨을 내쉬었다.

"금방 알게 되겠지만, 얘는 공부도 못하고, 말도 안 듣고, 좀…… 수준이 낮을 거예요."

나한테 미리 예방주사를 놔주는 심정이었을 거다. 하긴 그분이 알려준 정보가 없었더라면 나는 형이 모범생이니, 동생도 비슷할 거라고 생각했을 거다. 그래 놓고 동생이 좀 못하면 '형은 곧잘 하던데, 얘는 왜 이래?'라는 편견을 가졌을 수도 있다.

첫 수업을 한 뒤에 어느 정도 상황 파악이 되었다. 형은 모범생이고, 과제 수행 능력도 뛰어난 아이였다. 덩치도 컸고, 반장도 도맡아 하고, 엄마가 감기에 걸리면 많이 아프냐고 물어볼 줄 아는, 든든하고 자랑스러운 장남이었다. 둘째는 달랐다. 형이랑 비교도 안 되게 공부도 못하고, 백번 잔소리를 해도 자기 물건 하나 챙길 줄도 모르고, 친구도 별로 없고, 몸도 왜소했다.

첫 수업 때, 동생이 이랬다.

"쓸 거 없는데요."

뭐라고?

"여태까지 우리가 나눈 대화는 다 뭘까? 오늘 쓸 주제 얘기할 때 넌 달나라 갔다 왔니?"

이런 말이 입 밖으로 튀어나올 뻔했다. 그렇다고 다른 아이들이 원고지에 글 쓸 동안 이 아이를 멀뚱멀뚱 구경만 하게 둘 수는 없었다. 할 수 없이 교재에 나온 글을 베껴 써보라고 시켰다. 그랬더니 동생은 별말 없이 그 글들을 옮겨 적었다.

두 번째 수업 때 동생은 또 천연덕스럽게 말했다.

"쓸 거 없는데요."

자동 응답기야? 쓸 게 없기는 뭐가 없어? 아! 얘가 나 미치는 꼴을 보려고 이러는구나 싶은 생각마저 들었다. 이 아이에 대한 판단을 내릴 시점이었다. 수업에서 빠지라고 하거나 수업에 계속 참여시킬 방안을 내놓거나. 이런 아이가 처음이니, 그 아이한테 맞는 솔루션이 준비됐을 리가 없다. 당장 그만두라는 말도 할 수 없었다. 그래서 물었다.

"정말 쓸 게 없을까? 생각해봐. 오늘은 자유 주제로 쓰는 거잖아. 모르는 주제가 나온 것도 아닌데, 정말 쓸 게 없어?"

"그래도 쓸 거 없는데요."

아이는 도리질을 했다. 반항하려고 이러는 거 같지는 않았다.

"그렇구나. 그럼 좋아하는 거 없어? 좋아하는 거 쓰면 되겠다. 너, 축구 안 좋아해?"

"축구 안 좋아하는데요."

"그럼 게임은?"

"게임 유치해요."

"친구랑 뭐 하고 놀아? 그 얘기 써도 되는네."

"친구 없는데요."

대단했다. 이 아이는 계속 내 질문을 튕겨냈다. 다른 아이들이 원고지에 글을 쓰는 사이 나는 그 아이만 붙들고 또 물었다.

"친구도 없고, 게임도 싫어하고, 축구도 안 좋아하는구나. 그럼 좋아하는 게 뭐야? 넌 뭐 할 때 신나고 즐거워?"

"신나는 일 없는데요."

좋아하는 과목은? 좋아하는 만화는? 스무고개 하듯 몇 번 질문을 던져도 아이의 대답은 한결같았다. 미쳐버리기 직전에 어떤 질문 하나가 떠올랐다.

"그래? 그럼 밥은 먹어?"

그러자 아이가 나를 쳐다보았다.

"밥이야 먹죠."

"그래? 잘됐네. 밥 먹은 거 쓰면 되겠다."

"밥 먹은 걸 어떻게 써요?"

"쓸 거 많아. 엄청 많아."

그리고 아이한테 질문을 던졌다. 구체적으로. 오늘 아침에 뭐 먹었는지, 좋아하는 반찬, 싫어하는 반찬은 뭔지, 왜 그 반찬을 좋아하게 됐는지, 맛있는 음식을 먹고 나면 기분이 어떤지. 매일 벌어지는 일이니 아이는 내 질문을 튕겨내지 않고 꼬박꼬박 성실하게 대답했다. 다른 아이들이 글 하나를 마무리했을 때쯤 내가 말했다.

“자! 이제 네가 글을 쓰면 되겠다. 여태까지 우리가 했던 말 기억나지?”

“쓸 거 없는데요……. 근데 무슨 말이요?”

“너, 된장찌개 좋아하잖아. 그런데 호박 넣은 된장찌개는 싫어서 호박을 빼고 먹었더니, 아빠한테 혼났지? 넌 호박을 안 넣은 된장찌개를 제일 좋아하고, 그거랑 계란말이랑 같이 먹으면 기분이 좋아지잖아. 어때? 이렇게만 써도 글 하나가 돼. 그런데 넌 지금 내가 한 말보다 훨씬 많은 말을 했어. 한번 써봐. 네가 했던 말 기억해서 문장으로 옮기면 되는 거야.”

그러자 아이는 고개를 끄덕이며 글을 쓰기 시작했다. 주제를 고민하고 글을 쓰고 수정하는 수고를 하지 않아도 되니 아이는 금방 글을 써 내려갔다. 나랑 대화했던 내용보다 글은 훨씬 풍부했다. 예컨대 이런 문장도 있었다.

‘큰일이다. 편식하는 버릇을 언제 고칠까? 내가 할아버지가 되면 고쳐지겠지? 할아버지들은 채소 좋아하니까.’

글을 잘 썼다고 칭찬했다. 그랬더니 아이는 콧구멍까지 벌렁거리며 좋아했다. 빈말로 칭찬한 게 아니었다. 이 아이가 글을 좀 쓸 줄 아는 거 같은 생각이 들었다. 아이한테 본인이 쓴 글을 소리 내어 읽어보라고 시켰다. 발표를 별로 해 본 적이 없는 아이는 천천히 자기가 쓴 글을 읽었다. 다 읽고 난 뒤 내가 물었다.

"어때? 네가 쓴 글이?"

아이는 대답을 못 하고 겸연쩍게 웃었다. 스스로 생각해도 잘 쓴 것 같은 모양이었다.

내 예감은 틀리지 않았다. 물꼬를 트자 아이는 자유롭게 글을 쓰기 시작했다. 어떤 주제가 나와도 술술 써댔고, 나중에는 날개를 달고 날아다니는 수준이었다.

얼마 후에는 백일장에 나가 상도 탔다. 일기도 못 쓰던 애가 이러니 내 인기도 덩달아 올라갔다.

말도 어눌하게 하는 아이가 자유롭게 글을 잘 쓰는 걸 보면서 생각했다. 그동안 이 아이는 하고 싶은 말이 얼마나 많았을까? 가족과 주변 사람들은 모범생인 형의 말에만 귀를 열었다. 이 아이가 뭔가를 말하려고 하면 "용건만 말해"로 되돌아왔다. 늘 형이랑 비교당했고, 열등한 자리에만 있었던 아이는 자기의 언어를 꾹꾹 삼킨 거였다. 내가 한 일은 웅크리고 있는 아이한테 손을 잡아준 일밖에 없었다. 글쓰기로 자신감을 얻은 동생은 나중에 성적도 쑥쑥 올랐다고 자랑했다.

환갑이 넘은 둘째 언니는 지금도 그 이야기를 한다. 우리 엄마가 얼마나 나를 편애했는지, 자기가 얼마나 서러웠는지. 가장 신뢰하는 사람한테 차별당하고 비교당하는 건 끔찍한 일이다. 자랄 때 언니가 나를 많이 미워했다. 나중에 심리학책들을 읽으면서 언니의 심정을 이해했다.

동생이 생긴 아이는 폐위된 왕의 처지랑 비슷하다고 한다. 가정을 이룬 배우자가 다른 애인을 집에 들여 애정 행각을 벌이는 걸 지켜보는 심정이라고. 세상의 모든 지위를 다 뺏겨버린 아이는 동생한테 살해 욕구도 느낀다고 한다.

그리하여 둘째를 임신했을 때부터 첫째를 더 많이 배려했다.

"동생한테 양보해야지."

이런 말은 한 번도 한 적이 없다. 서열 없이 동등하게 키웠다고 생각했는데, 모르겠다. 둘은 "현실 남매 맞아?"라는 소리를 들을 정도로 사이가 좋았다. 그런데 대학생이 된 뒤부터는 각자의 인생에 몰두하느라 그런지 데면데면해졌다. 그래도 생일 같은 건 챙긴다. 뭐, 남매간에 굳이 사이좋을 필요가 있나 싶어 그냥 지켜보고만 있다.

고 3 엄마의 멘탈

몇 년 전, 가벼운 모임에서 어떤 분이 선언했다. 아이가 고 3이 되었다고, 당분간 잠수 탈 예정이니 모임에 빠지거나 연락 없어도 서운해하지 마시라고.

뜨악한 표정을 짓는 분이 많았다. 세상에 고 3 엄마는 혼자만 하나? 뭘 저렇게 요란 떨어? 이런 눈빛이었다. 그때 저쪽 구석에 앉아 있던 분이 큰 소리로 말했다.

"괜찮아요. 뒷바라지하는 엄마가 제일 고생이죠. 파이팅하세요!"

대학생 아들을 둔 분이었다. 고 3 엄마를 두 번이나 겪은 나도 거들었다.

"그럼요. 아이한테 집중하셔야죠."

이렇게 분위기가 파이팅으로 수습되려는 찰나, 그분이 또 말했다.

"네. 그래서 매일 미사 나가려고요."

"미사요?"

옆에 있던 분이 놀란 목소리로 물었다.

"모임은 못 나오면서 성당은 나가겠다고요? 대체 어느 대목에서 그 말을 이해할 수 있을까요?"

다른 분들도 눈빛으로 이런 말을 하고 있었다.

"나부터 멘탈 챙기려고요. 나까지 초조해서 애 들들 볶으면 안 되잖아요."

향후 일 년간 잠수 탈 예정인 고 3 엄마가 이렇게 말했다. 어떤 분은 대놓고 고개를 갸우뚱하며 불만을 표시했다. 하지만 자기 처지가 절박한 당사자는 아랑곳하지 않았다. 본격적으로 펼쳐질 자식의 수험 생활과 뒷바라지 외에는 관심이 없어 보였다.

"그렇지요. 엄마 멘탈이 중요하지요."

구석에 앉아 있던 분이 또 큰 소리로 응원하면서 상황은 종료되었다.

그분은 선언했던 대로 잠수를 탔는데, 일 년 뒤에도 모임에 나타나지 않았다. 그분 딸의 입시 결과를 궁금해하는 분들이 있었다.

"좋은 대학 못 갔나 보네."

"재수할지도 모르죠."

"하여간 호들갑 떠는 집치고 애 대학 잘 가는 거 못 봤어요."

뭐 이런 뒷담화를 해댔다. 이후 그분이 어떻게 되었는지 모른다. 나 역시 사느라 바빠서 타인에게 관심을 기울일 여력이 없었다. 그리고 그 모임과도 차츰차츰 멀어졌다.

하긴, 겪어보지 않으면 잘 모른다. 고 3 엄마 노릇이 어떤 건지를.

"대학은 지가 가는 거지, 엄마가 뭔 상관?"

이렇게 말하는 엄마를 본 적이 있기는 하다. 하지만 자식 일에 쿨하기가 어디 쉬운가. 게다가 입시가 아이 혼자만 노력해서 될 문제도 아니다.

잠수 탄 그분이 과하다는 생각은 전혀 안 들었다. 멘탈 관리를 위해 매일 미사에 나가겠다는 말도 충분히 이해했다. 반드시 아이를 명문대에 보내고 싶어서 엄마들이 그러는 게 아니다. 그냥 고생하는 수험생 아이 옆에 든든한 바위처럼 함께 있어주고 싶은 마음일 거다.

매일 미사는 못 나가도 아이들이 고 3일 때는 나도 바짝 긴장하며 살았다. 새벽밥을 해줘야 해서 편하게 약속을 잡을 수도 없었다. 식단도 신경 쓰였고, 저질 체력의 유전자를 물려준 관계로 영양제나 보약도 챙겨야 했다. 제법 불성실한 엄마인 나는 이것만 해도 벅찼다.

그런데 현행 입시 체제는 엄마 노릇을 여기까지만 하게 내버려 두지 않았다. 대학을 보낼 생각이 있는 엄마라면 입시 정보를 어느 정도는 꿰고 있어야 한다. 대학마다 과마다 요구하는 성적과 비교과가 달랐기 때문이다. 거기에 맞춰 봉사나 스펙까지 챙겨줘야 하니, 어지간해서는 대입 레이스에 아이 혼자만 덜렁 내보낼 수가 없었다.

나도 매일 입시 카페에 들어가는 걸로 하루를 시작했다. 돈 많은 집들은 입시 코디를 고용한다던데, 글쎄 코디라고 뭐 뾰족한 수가 있을까? 드라마에서 코디 역할을 과장되게 묘사해놓아서 그렇지, 실제로 유명한 입시 코디한테 아이를 맡겼는데, 수시 다 떨어졌다는 소리를 꽤 들었다. 그러니 친목 모임에 빠지는 게 무슨 대수일까?

여기까지는 기본이라 치고, 돌이켜 보니 부모의 마음가짐이 진짜 중요한 거 같다. 입시 성공 비결 중 하나가 화목한 집안이라는 기사를 본 적 있다. 일리 있는 분석 같다. 불안의 파도를 헤쳐나가는 수험생 옆에 등대처럼 지켜줄 누군가가 있으면 얼마나 든든할까. 그런데 이게 쉽지는 않다.

아이 입시에 신경 쓰면 쓸수록 부모도 불안할 수밖에 없다. 하루에도 수십 번씩 근거 없는 낙관과 절망의 롤러코스터를 타는 때 아닌가. 하지만 아이가 힘들 때는 위로해주고 잘할 때 격려해줘야 하는 사람은 어쨌든 필요하다. 그러려면 부모의 멘탈이 먼저 안정되어 있어야 한다.

그분이 매일 미사에 나가겠다고 한 건 그 이유 때문일 거다. 본인 마음부터 다스리려고. 아이돌 덕질로 고3 엄마 시기를 버텼다는 분도 봤고, 박경리의 《토지》를 완독했다는 분도 봤다.

나는 소설을 썼다. 긴 호흡이 필요한 장편소설 집필이 나에게는 멘탈을 유지하는 가장 좋은 방편이었다. 나의 아이들은 야자를 끝내고 귀가하면 어김없이 기본으로 두 시간씩 게임을 하거나 인터넷을 했는데, 기특하게도 내가 거기에 대해 잔소리를 한 적이 없었다.

'어쩌겠어, 얘도 스트레스를 풀어야지.'

속은 폭발 직전의 화산처럼 들끓어도, 이렇게 스스로를 다독일 수 있었던 건, 몰두할 내 일이 있어서였다. 그때 썼던

초고를 거듭 고쳐서 나중에 문학상까지 받았다. 음, 자랑하려고 쓴 글은 아닌데, 쓰고 보니 자랑 같다. 자랑 맞다. 하하.

엄마가 있으니 괜찮아

이 얘기를 해도 좋을지 고민했다. 혹시 누군가의 사연도 저작권이 있지 않을까 싶어서. 그런데 포털 브런치 글에 이 사연이 소개된 걸 보고 용기를 얻었다. 인터넷 커뮤니티에 올라온 글이고, 나를 포함한 많은 회원들이 엄청나게 댓글을 달았던 이야기다. 원글은 찾을 수 없고, 기억나는 대로 재구성하자면 대강 이랬다.

그분은 소아암 환자였다. 지금은 완치되었는데, 어린 시절 기억은 거의 병원에 있었다고 한다. 소독약 냄새, 가운을 입고 분주히 왔다 갔다 하는 의료진과 환자들, 매일 먹던 많은 양의 약. 어린 그분에게 병원은 세상의 전부였다.

그런데 그 시절을 떠올리면 이상하게 마음이 따뜻해진다

고 했다. 왜 그랬지? 어른이 되어서 생각해보니 엄마 때문인 거 같았다. 그녀는 병원 생활이 재미있었다. 엄마가 읽어주던 책도 좋았고, 병원 마당에 나가 개미를 관찰할 때도 신났다. 처음에 응급실에 갈 때부터 그랬다.

"○○아! 우리 이 시간이면 저녁 먹고 텔레비전 볼 시간인데, 우리는 짐 싸 들고 여기 왔네. 꼭 캠핑 온 거 같지?"

그녀는 무섭고 어리둥절하고 아팠지만, 엄마가 그렇게 말하니, '아! 이게 신나는 일인가?' 싶었다. 그래서 아프긴 해도 기왕 온 캠핑이니 즐겁게 지낼 생각이었다.

참을 수 없이 아팠던 때도 많았다. 그때 엄마가 이렇게 말했다.

"괜찮아. 아파도 괜찮아. 계속 아플 거 아니니까 소리 질러도 돼. 앞으로 아파도 돼. 엄마 아빠가 있으니 괜찮아."

그 말이 "얼른 나아서 집에 가야지"라는 말보다 훨씬 위로가 되었다고 한다.

엄마라고 힘든 순간이 없었을까. 어른이 된 그녀는 이제야 엄마의 마음이 헤아려져서 뭉클했다고 한다.

그 글을 읽고 숙연해졌다. 많은 생각이 떠올랐다. 〈인생은 아름다워〉라는 영화도 생각나고, 얼굴도 본 적 없는 그녀의 엄마에게 따뜻한 밥 한 끼도 대접해드리고 싶었다. 그 많은 댓글들의 내용도 비슷했다.

- 이런 글 올려줘서 고맙습니다.

- 소아암도 주셨지만, 신께서 훌륭한 엄마를 보내주셨군요.

- 세상은 살 만하다는 걸 알려주신 분, 늘 건강하고 행복하세요.

엄마 생각이 났다. 같은 경우라면 우리 엄마는 절대 의연할 것 같지 않다. 늘 그랬다. 엄마는 나한테 힘든 일이 생기면 엄마가 먼저 힘들어하고, 속상해했다. 공감은 잘해줬지만 문제를 해결할 때는 도움이 못 됐다. 내가 부당한 일을 겪고 억울해할 때, 엄마는 싸우기보다 체념하기를 바랐다. 한결같았다. 타고난 성격인지 가부장 독재 아버지와 산 세월이 길어서 그런지 모르겠지만, 엄마는 누구한테 항의하거나 맞서 싸우면 죽는 줄 알았다.

'엄마처럼 살지 않을 거야.'

자라면서 이 생각을 얼마나 했는지 모른다. 세상에 맞서 싸우기보다 먼저 패배를 선택해버리는 유약한 엄마는 딸의 롤 모델이 될 수 없었다. 언니들, 오빠들 그리고 나에게 엄마는 평생 지켜줘야 할 존재였다.

'얼른얼른 힘이 있는 어른이 되어서 엄마를 호강시켜줘야지.'

이게 내 꿈이었다.

어찌 되었건 엄마와 많이 친했다. 스무 살에 집을 떠난 뒤에도 자주 전화를 걸었다. 소식 없는 기간이 길어지면 엄마가 얼마나 걱정할지 잘 알아서였다. 늘 곤궁했던 내가 자취방에 전화기를 둔 이유도 엄마 때문이었다. 그렇다고 헬리콥터맘처럼 엄마가 나의 일거수일투족을 궁금해하는 건 아니었다. 주로 내가 전화를 걸었는데, 그냥 생존 보고, 안부 전화였다. 할 말이 있을 때는 길게 통화했고, 그런 날은 엄마가 많이 보고 싶었다.

어느 날 나는 큰일을 당할 뻔했다. 30년도 더 지난 일인데, 지금 생각해도 섬뜩한 기억이다. 지인인 남자랑 술을 마시다 성폭행을 당할 뻔했다. 덮어놓고 의심 많던 내가 단둘이 술을 마셨던 건 드물게 믿을 만한 남자라고 여겼기 때문이다.

그 밤에 어떻게 집에 왔는지 모른다. 자취방 문을 열자마자 전화벨이 울렸다. 덜컥 겁부터 났다. 사정이 훌쩍 넘은 시간에 누가 전화를 한 거지? 혹시 그 남자가? 짧은 순간 두

려웠는데, 생각해보니 그 남자에게 내 전화번호를 알려준 적이 없었다.

"왜 이렇게 늦었어? 지금 들어온 거야?"

엄마였다. 전화기 너머 엄마 목소리를 들으니, 공포로 날이 서 있던 온몸의 세포가 녹아내리는 거 같았다. 심야에 엄마가 전화한 건 처음이었다. 나는 무슨 일로 전화했는지부터 물었다.

"꿈자리가 사나워서 깼지. 아무래도 이상해서 전화 걸었는데, 계속 안 받잖아. 아침에 통화할 때 늦을 거라는 말 없었잖아. …… 무슨 일로 이렇게 늦은 거야?"

나는 일 때문에 늦은 거라고 둘러댔다. 그리고 걱정 말고 얼른 주무시라고 말하며 전화를 끊었다.

집에 오기 전, 엄마 전화를 받기 전까지 나는 한 번도 경험하지 못한 공포에 압도되어 있었다. 믿었던 사람한테 이런 일을 당하고 나니, 앞으로 세상을 살아갈 자신이 없었다. 어떡하지? 어떻게 살아야 하지? 이 기억을 안고 살아갈 자신이 없었다. 그렇다고 그 일을 털어놓을 용기도 안 났다. "네가 먼저 꼬리를 쳤겠지"라며 덮어놓고 피해자 탓부터 하던 시절이었으니까.

엄마와의 통화는 길지도 않았다. 내가 귀가한 걸 확인한 엄마는 별일 아니라는 내 말에 더 캐묻지도 않고 전화를 끊었다.

그런데 엄마와 통화를 한 이후 신기한 일이 벌어졌다. 짧은 통화 이후 세상을 살아갈 힘이 다시 솟았다. 헝클어진 멘탈도 수습되었다. 이 일은 사고였고, 내 잘못이 아니고, 어떻게 수습할지에 대한 가닥이 잡혔다.

다음 날 아침, 당시에는 애인이었던 남편한테 제일 먼저 말했다. 이후에도 남편은 내가 그 트라우마를 빠져나오는데 많은 위로와 도움을 주었다.

그리고 엄마한테 전화를 걸었다.

"엄마, 어젯밤에 무슨 꿈을 꿨던 거야?"

"그냥 악몽이지 뭐."

"구체적으로, 구체적으로 말해봐. 무슨 꿈인데?"

"개꿈이야. 그냥 네가 나쁜 놈들한테 쫓기고 있더라고. 객지에 혼자 있는 딸이 걱정되니까 그런 꿈을 꾸는 거지 뭐."

엄마 말을 듣고 소름이 돋았다. 합리적으로는 설명할 수 없는 어떤 마법이 느껴졌다. 생각해보니 굉장히 위험한 상황이었다. 기적처럼 빠져나온 거였는데, 어쩌면 엄마 때문이 아니었을까? 엄마의 기도가 멀리 있는 나에게 닿아 나를 구해준 건 아닐까?

나는 그런 마법을 믿게 되었다. 생각해보면 내가 위험한 순간에는 늘 예민한 엄마의 촉이 있었다. 그 덕분인지 어떤지 인과관계를 설명할 수는 없지만 살면서 위험한 고비를 무사히 빠져나온 적이 꽤 많았다. 언니들 오빠들도 말했다. 엄마의 기도 덕분에 자식들이 무난하게 잘 사는 거라고.

그 말이 맞든 안 맞든 엄마가 돌아가시고 나서야 알았다. 내가 엄마를 지킨다고 생각했던 게 착각이었다는 걸. 엄마는 내가 태어나면서부터 변함없는 나의 든든한 보호자였다는 걸.

부족하든 모자라든 엄마는 존재만으로도 큰 힘이라는 걸 이제야 깨닫는다. 그런 엄마가 안 계시니 이제 나는 스스로 살아갈 힘을 만들어내야 한다. 내 아이들에게도 그런 엄마가 되고 싶으니까.

은따와 귓속말

《체리새우: 비밀글입니다》는 아줌마 오지랖에서 시작된 작품이다. 작가의 말에도 썼듯이 커뮤니티를 들락거리다 지나칠 수 없어서 댓글을 달고 또 달고 하다 보니, 작품까지 쓰게 되었다.

사실 아이들 글을 읽다 보면 가슴이 찢어지는 사연이 한두 가지가 아니다. 당장 나서서 해결해주고 싶지만, 그럴 수 없는 문제가 더 많다.

'슈퍼맨도 인류를 다 못 구했는데, 동네 아줌마인 내가 뭘 할 수 있겠어.'

이러면서 스스로를 다독인다. 그서 내가 할 일은 기도뿐, 고난도 시련도 견디고 이겨내야 할 각자의 몫일 테니까.

내가 도와줄 수 있는 부분은 성실하게 댓글을 달았다. 어른들은 잘 기억나지 않겠지만, 친구를 많이 좋아했던 나는 안다. 아이들에게 친구가 없다는 게 어떤 공포인지. 어쩌면 사춘기 아이들에게 관계는 인생의 거의 전부다.

처음에는 어떻게 하면 친구랑 잘 지낼 수 있을지에 대한 글을 쓰려고 했다. 1318 상담 자료집, 관련 서적, EBS 방송을 보고, 청소년 심리학 서적도 찾아 읽었다. 이 문제에 대한 공통의 해답을 찾아 작품으로 쓰고 싶었다. 논문도 구해 읽었고, 외국 사례도 찾아보았다.

그런데 주제에 다가갈수록 화끈한 답이 안 나왔다. 상식적으로 생각해봐도 모두가 '인싸'가 될 방법은 없다. 관련 자료도 속 시원한 답은 없었다. 친구들에게 먼저 다가가라, 친구들 관심사에 적극 반응해라, 같은 실용적인 조언이 있었지만, 글쎄, 이런 걸 몰라서 관계가 어려운 건 아닌 거 같았다.

작품을 몇 번이나 갈아엎었다. 문제 제기만으로 의미 있는 작품이 많지만, 나 같은 경우는 길이 안 보이면 글이 잘 써지지 않는다. 몇 번 갈아엎다가 어느 순간, 자각에 이르렀다.

'답이 없다!'

왕따는 피해자를 구해줄 제도화된 시스템이 있지만, 은따는 다르다. 은따는 학교폭력위원회에 제소할 만한 증거도 없고, 가해자들도 딱히 나쁜 아이들이 아니다. 피해자는 괴롭고 힘든데, 가해자를 처벌하기도 애매한 상황. 이런 경우 어떻게든 오해를 풀고 잘 지내라거나, 적극적으로 다가가서 즐거운 일들을 만들라고 조언하는데, 음, 꼭 그래야 할까?

'내가 왜?' '내 자존감을 갉아먹는 애들하고 왜 계속 친해야 하는데?'

은따 피해자는 당장 이렇게 반응할 것이다. 여태까지 그래왔다. 친구와 갈등이 생기면 화해라는 방식으로만 해결하려고 한다. 그런데 모든 경우 화해가 정답일까? 명백한 폭력의 증거가 남는 왕따와 달리 은따는 증거도 없이 권력관계가 작동되는 경우가 많다. 이런 경우 섣부른 화해는 2차 가해가 될 수도 있다.

그리하여 전혀 다른 방향으로 소설을 틀었다. 은따를 대처하는 나의 자세로. 계몽으로도 해결 안 될 인간의 악마성이랄까. 한나 아렌트의 '악의 평범성'과 비슷한 맥락이다. 세상이 기절할 만한 훌륭한 작품이 나온다고 해도 은따는 없어지지 않을 거라고, 우리가 살아가야 할 세계가 그리 만만치 않다는 걸 보여주고 싶었다. 그걸 서늘하게 자각한 계기가 있었다.

어느 날 동네 서점 앞에 있는 분식집에 들어갔다. 테이블이 몇 개 되지 않은 작은 가게였고(나는 혼밥도 잘하는 아줌마다), 주문한 우동을 기다리며 책을 뒤적거리는데 조금 이상한 생각이 들었다. 분명 저쪽 창가 테이블에 떡볶이를 먹던 아이들이 있었는데, 뭐지? 이 고요함은? 살면서 조용히 밥 먹는 사춘기 아이를 본 적이 없다.

고개를 들어 창가를 보았다. 그러다 대각선으로 마주한 아이와 눈이 마주쳤다. 순간, 가슴이 저릿했다. 사막에 홀로 뚝 떨어진 듯 아이는 시선 둘 곳을 몰라 황망하게 두리번거렸다. 허공을 쳐다봤다가, 창밖을 보다가, 고개를 처박고 떡볶이를 먹다가, 나중에는 맞은편에 앉은 아이들의 눈치를 살피며 휴대폰을 들여다봤다.

맞은편에 앉은 두 아이는 쉴 새 없이 키득거리며 자기들끼리 귓속말을 하고 있었다. 그 와중에도 떡볶이를 먹었는데, 맞은편 아이에게는 한 번도 눈길을 주지 않았다. 한 아이를 투명인간 만들 거면서 왜 이곳에 같이 온 걸까.

마음 같아서는 당장 그 아이들 테이블로 다가가 이런 말을 하고 싶었다.

"얘들아! 지금 이게 친구한테 할 짓이야? 귓속말하는 너희는 모르겠지만, 당한 사람은 똥물을 뒤집어쓴 느낌일 거다. 귓속말은 폭력이야!"

진짜 이런 행동을 해볼 상상도 해봤다. 맛있는 거 사주면서 훈계질하는 아줌마. 동네 공식 꼰대. 환갑이 지나면 시도해볼까 생각했다가 1초 만에 마음을 접었다. 그런 소설을 한번 써볼까 싶기는 하다.

내가 성격이 얼마나 더러운 인간인지 모르는 사람이 몇 있었다. 대학 때 이런저런 일로 한동안 어울려 다니던 무리가 있었는데, 그들이 그랬다. 대학 연합 동아리 회원이었고, 여자는 나 포함 세 명이었다. 남자들이 섞여 있을 때는 몰랐다. 그녀 둘의 관계가 얼마나 끈끈한지를.

모일 때마다 그녀 둘은 나란히 앉아서 귓속말을 해댔다. 짧은 귓속말이 아니었다. 같이 있는 다른 사람들을 쳐다보면서 키득키득 웃고, 뭐가 그렇게 즐거운지 서로의 팔을 쿡쿡 찔렀다. 둘이 너무 친해서 그러나 본데, 다들 아무 말도 못했다. 그녀들로부터 눈빛 저격을 당한 사람들도 기분 나쁜 내색을 못했다. 남의 친분조차 문제 삼으면 세상 쪼잔한 사람이 될 거 같았기 때문이다.

그러다 여자 셋이 모이는 날이 많았다. 예컨대 가을 학술제 같은 행사를 준비하기 위해서였던 듯하다. 그런데 셋이 모일 때도 그녀들의 귓속말 버르장머리는 계속되었다. 기분은 좀 나빴지만 그러려니 했다. 내 할 일만 하면 되지, 뭐 어쩌랴 싶었다.

어느 날 자료집을 뒤적이고 있는데, 야릇한 시선이 느껴졌다. 고개를 들어보니 그녀 둘이서 나를 힐끗거리며 귓속말을 하고 있었다. 이 상황은 바보가 아니면 안다. 그녀들이 내 흉을 보고 있다는 걸.

"둘이 뭐 해? 지금 이 자리에서 내가 듣지 말아야 할 이야기라도 있는 거야?"

그녀들을 똑바로 쳐다보며 말했다. 참았던 감정이 폭발한 거였다. 내 말에 둘은 서로를 쳐다보며 당황한 표정을 지었다.

"아니, 뭐, 그게 아니고, 우리 영화 본 거 얘기했어. 그렇지?"

다른 그녀가 고개를 끄덕였다. 놀고 앉았네 싶었다.

"그 영화 얘기를 내가 들으면 안 되는 거겠지? 자리 비켜줄게. 둘이 마음 놓고 얘기해."

주섬주섬 가방을 챙기며 말했다.

"아니, 뭐, 꼭 그런 건 아니고."

한 명이 기어들어 가는 목소리로 말했다. 나는 곧 가방을 싸 들고 그 자리를 빠져나왔다.

그날 선배한테 말해서 그 팀에서 빠져나왔다. 이후 다시는 그녀들과 엮일 일을 만들지 않았다.

30여 년이 더 지났는데도 이 일이 불쾌하게 기억나는 건 왜일까. 그것은 흔하게 일어나는 인간관계의 문제가 아니기 때문이다. 물리적 폭력만 폭력이 아니다. 귓속말도 폭력이다.

이후에도 이런 일이 몇 번 있었던 거 같다. 애써 모른 체 넘겼을 뿐. 한편 생각하면 이 일들은 인권 감수성이 뭔지도 모르는 시대에 있었던 일이다. 그 시절에는 여자 강간한 걸 자랑스럽게 떠벌리는 놈도 있었다.

지금은 달라졌다. 널리고 널렸던 성추행범도 이제는 처벌할 수 있게 되었다. 한 아이를 매장시키는 왕따 가해자도 더 이상 학교의 권력자로 군림할 수 없는 시대가 되었다. 학교에서는 수시로 인권 교육도 한다.

이런 멋진 21세기에 아직도 귓속말이라니! 화도 났고 조금 슬펐다.

그렇다고 나그네가 길을 탓할 수는 없다. 혼내기 전에 알려주면 된다. 귓속말이 나쁜 매너라고. 그러니 피해자는 상처받지 않기를.

사춘기 연애

얼마 전, 청소년기 연애가 건강에 미치는 영향에 대한 기사가 나왔다. 청소년기에 열정적인 연애를 했다면 성인이 된 후 고혈압에 걸릴 위험이 크다는 거였다. 미국 버지니아 대학 심리학과 조지프 P. 앨런 교수 팀의 연구 결과라고 한다. 청소년 146명을 대상으로 14년간 추적 조사해서 내린 결론이라고.

미국 대학에서 조사한 결과라고 하면 무조건 신뢰부터 하는 분위기가 있는지라, 잠시 가재 눈을 뜨고 트집을 좀 잡아봤다. 통계학에 대해 주워들은 풍월이 있다. 146명을 제대로 표본 추출한 거 맞아? 고혈압에 이르게 된 인자가 단지 '열정적 연애'뿐이었을까? 내가 알기로 고혈압은 가족력이라던데? 뭐 이렇게.

그런데 아무 소용없다. 제아무리 잘난 척해봤자, 나는 전문가가 아니다.

어쨌든 그동안 알던 상식이랑 다르긴 해도, 이 얼마나 반가운 뉴스인가. 사춘기 자녀가 연애하는 걸 걱정하지 않을 부모는 없을 것이다.

"거봐! 연애하지 말라잖아. 나중에 고혈압 되면 좋겠어?"

기사를 들이대며 이런 협박을 할 수도 있다(이 말을 하면 청소년 독자들이 내게 엄청난 배신감을 느끼겠다. 하지만 연애가 걱정되는 건 사실이란다).

잠시 혼자서 호들갑을 떨다가 기사의 다음 내용을 보고 서늘해졌다. 열정적 연애에 빠지는 청소년의 특별한 인자에 대한 연구였는데, 그런 청소년들은 강한 통제를 하는 부모 아래에서 자란 경향이 있다는 거였다. 앨런 교수는 "강한 통제를 하는 부모는 아이들이 규칙을 따르지 않으면 죄책감을 느끼게 만드는 경향이 있기 때문에, 이런 부모 아래에서 자라 청소년기에 연애한 아이들은 통제하는 가족에게서 벗어나는 느낌까지 더해 매우 강렬한 관계에 빠졌을 가능성이 높다"고 했다.

이 대목에서 깜짝 놀랐다. 그동안 내가 막연하게 생각했던 거랑 연구 결과가 비슷했다.

내가 어렸을 때 연인과 야반도주한 동네 언니가 있었는데, 그 집이 거의 군대 분위기였다. 생각해보니 나도 그랬다. 중·고등학교 시절, 친구들이 자기 계발과 건전한 우정을 쌓는 동안, 나는 오직 열애에 대한 상상으로 그 시절을 다 보냈다. 어떤 날은《로미오와 줄리엣》같은 연애를 상상하며, 그런 일이 생기면 진짜 죽어야 하나? 일찍 죽기 싫은데? 안 죽고 도망만 가면 안 될까? 이렇게 일어나지도 않을 일 가지고 혼자 심각했다. 그래 봤자 아버지한테 맞아 죽을까 봐 시도해본 적은 한 번도 없지만.

대학생이 되어서야 첫 연애를 했다. 그 상대가 지금 남편이다. 그런데 스물두 살이라고 성숙한 연애를 하는 게 아니었다. 온통 그 생각뿐이어서 생활이 엉망이었다. 연애 기간이 길어지고 관계가 안정되고 감정도 시들해지면서부터는 제정신으로 돌아왔다. 나는 연애도 잘하면서 자기 일도 잘하는 사람들의 경지를 알지 못한다. 그래서 사춘기 아이들이 연애한다고 하면 덜컥 걱정부터 앞서는 것이다. 내 생각을 말하면 당장 이런 반응이 쏟아지겠지.

"작가가 왜 저래?"

당연한 말씀. 자고로 작가라면 뜨겁게 연애해보라고 말

해야겠지. 근데 못하겠다. 공부는 말할 것도 없고, 저러다 사고라도 나면 어쩌나? 나쁜 상대한테 걸려서 판단력이 흐려지고, 회복할 수 없는 상처라도 생기면? 별의별 걱정이 산더미다.

'제대로인 연애는 성인이 되어서 하고, 지금은 짝사랑만 하면 안 될까? 그리고 친구로 잘 지내면 되잖아.'

이게 내 진심이다. 그래 봤자 씨알도 안 먹힐 소리지만.

캐나다에 있을 때 일이다. 어쩌다 나 혼자 해변 산책을 했다. 늘 북적거리던 그곳이 겨울이라 한산했다.

그러다 얕은 바다에서 보드를 타는 청년을 보게 되었다. 그 추운 날씨에 하이틴으로 보이는 청년은 반소매 반바지 차림이었다. 얼어 죽으려고 환장했나! 이 소리가 절로 튀어 나왔다. 나는 걸음을 멈추고 청년의 모습을 사진 찍고 있는 여자에게 말을 걸었다.

"저게 뭔가요?"

"스킴보드!"

"재미있어 보이네요. 그런데 추울 거 같아요."

"제 말이요! 스킴보드 타는 거 보여준다고 저래요. 저렇게 입어야 멋있는 줄 알거든요."

고등학생쯤으로 보이는 그녀는 이렇게 말하며 활짝 웃었다. 말은 그렇게 해도 청년이 귀여운 모양이었다.

누가 저 청년을 저렇게 만들었을까? 그녀다. 그녀한테 잘 보이려고 겨울 바다에서 저 차림으로 스킴보드를 타는 거였다. 추위를 불사하고 저러는 젊음을 누가 말릴 수 있을까.

걱정이 산더미라도 못 말린다. 아니, 씨알도 안 먹힐 걱정은 안 하는 게 낫다. 차라리 올바른 연애에 대한 교육이 생산적이겠지. 아니면 피임법을 가르치거나. 알고는 있는데, 음, 나는 이 부분에서 앞으로도 쿨해질 수 없을 거 같다.

딸이 고등학교 다닐 때 이 문제로 많이 싸웠다. 딸은 항의했다. 엄마답지 않게 왜 이러냐고. 왜 자기를 못 믿느냐고.

믿고 싶지. 하지만 너희들의 뜨거운 피를 못 믿겠다. 아이를 감시할 수도 없고, 아이를 마음에서 내려놓지도 못하고, 그때는 정말이지 미칠 거 같았다. 열린 자세로 존중하며 아이들을 키웠다고 생각했는데, 딸의 연애에 대해서는 예외였다. 남자 친구를 만나는 날에는 귀가 시간에 10분만 늦어도 문자하고 전화하고 난리 쳤다. 아! 내가 그 짓을 했다.

딸아이가 연애할 때는 나랑 자주 싸웠고, 남자 친구랑 헤어지면 나랑 다시 사이가 좋아졌다. 뭐 이런 일의 반복이었고, 다행히 무난하게 사춘기를 넘겼다.

청소년의 연애를 장려하는 할머니로 늙고 싶다. 영화 〈라붐〉에 나오는 소피 마르소의 할머니처럼 말이다. 그런데 나는 못할 거 같다. 청소년 독자들이 이 글을 읽고 나한테 실망해도, 이런 내가 꼰대 같아도 어쩔 수 없다.

누가 '청소년의 바람직한 연애 매뉴얼'이라도 만들면 좋겠다. 그럼 내가 제일 먼저 읽을 거다. 나도 좀 개방적으로 변하고 싶다.

저보다 잘 쓰시는데요?

단편을 쓰기로 한 출판사에서 택배가 왔다. 계약서와 출판사에 나온 몇 권의 책 사이에 예쁜 편지 봉투가 있었다. 뜯어보니 편집자가 보낸 손 편지였다.

이따금 청소년 독자들이 준 손 편지 말고, 이런 편지를 받아본 게 언제였더라? 컴퓨터가 보급되기 전이니 까마득한 옛날의 일이다. 크리스마스카드까지 이메일로 보내는 시대 아닌가. 그래서 덜컥 겁부터 났다. 아니, 어른이 왜 손 편지를? 나는 사무적인 관계가 좋은데.

읽어보니 이메일로 충분히 얘기할 수 있는 내용이었다. 그런데 왜 손 편지를 보냈을까 생각해봤다. 그분은 출판사 편집자이자 문학평론가였다. 뭐랄까, 디지털이 만든 건조한 환경에 인간의 온도를 지키려는 노력 같아서 좋아 보였다. 게다가 글씨도 단정하고 예뻤다.

그런데 답장이 문제였다. 사인한 계약서만 덜렁 우편으로 보낼 수는 없었다. 마땅히 손 글씨로 답장을 하면 좋겠는데, 도저히 엄두가 안 났다.

일단 나는 악필이다. 게다가 손 글씨를 쓰면 생각이 턱 막힌다. 내 손은 컴퓨터 자판에 익숙해져 있다. 그게 어느 정도이냐 하면, 평소 내 말투는 중년을 넘어 거의 노년으로 향해 가고 있다.

"저거 있잖아, 집에 오다가 생각해봤는데, 이거를 저걸로 바꾸면 괜찮을까? 눈부실 거 같은데?"

이렇게 말하는 나를 남편은 빤히 쳐다보았다. 내가 말한 지시대명사 '이거'와 '저거'가 뭔지 생각했다가 잠시 후 찰떡같이 알아듣고 대답했다.

"아! 주방 형광등을 LED로 바꾸자고?"

이러고 난 뒤 나를 놀리는 걸 잊지 않았다. 이거, 저거로 말하는 소설가 있다고 동네방네 소문내야겠다고. 이러는 남편도 점점 나를 닮아가고 있다. 단어가 안 떠올라 막막할 때가 한두 번이 아니다.

그런데 키보드에 손만 대면 이런 증상이 싹 사라진다. 글도 잘 쓰고, 막히는 단어 없이 문장이 술술 나온다. 뭐, 항상 글이 술술 잘 나오는 건 아니지만, 적어도 글에 관한 한은 언어능력이 퇴화하지 않은 거 같다는 말이다. 심지어 평소 생각지도 않았던 산뜻한 단어나 문장이 흘러나올 때도 있다.

장편소설 교정 볼 때는 불가피하게 손 글씨를 써야 한다. 간단한 조사나 단어는 그냥 펜으로 써서 고치면 되는데, 문장을 바꾸는 경우에는 난감했다. 펜을 들면 도무지 생각이 안 났다. 그래서 교정지를 옆에 두고, 그 문장을 컴퓨터에 옮겼다. 그러면 생각이 저절로 차올라 키보드로 새 문장을 만들 수 있었다. 그렇게 컴퓨터 화면에 고친 문장을 보고 다시 손 글씨로 교정지에 옮겨 적곤 했다.

정말 신기한 일이다. 그래서 농담처럼 말하고 다닌다. 나의 뇌는 손가락에 있는 거 같다고.

편집자의 성의를 생각하면 마땅히 손 글씨 답장을 해야 했지만, 결국 포기했다. 계약서는 우편으로 보내고, 용건은 이메일로 썼다. 어쩌겠는가. 손 글씨를 못 쓰겠는데.

이 정도가 끝이 아니다. 나는 간단한 손 글씨에도 매번 어려움을 느낀다. 우편물 보낼 때도 웬만하면 손 글씨 대신 출력한 주소를 오려 붙인다. 그러니 저자 사인할 때는 얼마나 난감하겠는가. 게다가 나는 아직도 사인이 어색하다. 내가 뭐라고 사인씩이나? 이런 생각이 들어 솔직히 부끄럽다. 그래서 가족이나 친지들에게 책을 줄 때는 사인 없이 그냥 준다. "오다가 주웠어." 이 느낌으로.

그렇지만 피할 수 없는 일이 있다. 작가와의 만남 행사가 끝나면 거의 사인회를 한다. 몹시 찔린 나는 미리 말해버린다.

"사실 제가 글씨를 엄청 못 써요. 그리고 건강하고 행복하세요, 이런 격려의 글도 못 써요. 그냥 간단하게 이름만 쓸게요."

뻔뻔하고 염치없어 보여도 할 수 없다. 나에게 어울리지 않는 행동은 죽어도 못하는 성격이니 어쩌겠는가.

가끔 이 말 하는 걸 까먹고 사인을 진행할 때가 있다. 내 앞에 사인을 받기 위해 줄을 서 있는 아이들을 보고 뒤늦게 아차! 싶어 말했다. 사실은 내가 글씨를 엄청 못 쓴다고, 좀 창피하다고. 이런 경우가 몇 번 있었는데, 신기하게도 아이들의 반응은 비슷했다.

"저보다 잘 쓰시는데요?"

아! 지금 생각해도 폭소가 터진다. 세상에 이렇게 귀여운 위로가 또 있을까.

"얘야, 나는 손 글씨만 족히 30년 썼어. 이런 내가 중학생인 너보다 잘 쓴다고 해주다니, 얼마나 고마운지 모르겠구나."

이 얘기를 하고 싶지만, 나는 그냥 고맙다고 대답한다.

이 일을 딸한테 말했더니 딸도 배를 잡고 웃었다. 강연 다녀올 때마다 이런저런 이야기를 하는 편인데, 내 얘기를 들은 딸은 자기가 갖고 있던 사춘기 남학생에 대한 편견이 깨졌다고 했다.

하긴 우리가 미디어나 뉴스로 접하는 남자 청소년의 이미지가 그리 좋지는 않다. 거의 신격화해놓은 연예인 남자 이미지도 실제와는 거리가 멀고.

어쨌든 잠깐의 만남이지만, 책을 읽는 아이들은 다 예쁜 거 같다. 심지어 이런 일도 있었다.

어쩌다 초등학교에도 가는데, 처음으로 5학년 학생들을 대상으로 한 강연이었다. 일 년 차이지만 5학년은 6학년이랑 많이 다르다. 특히 남학생은 어린이 티가 많이 난다. 그 중에 한 남학생이 사인을 받으러 와서 이렇게 말했다.

"작가님! 멀리서 볼 때는 몰랐는데, 가까이서 뵈니 훨씬 예쁘시네요."

지금 이 문장을 쓰면서 커피 마시다가 뿜을 뻔했다. 웃겨 죽겠다.

코로나 시국이라 그날 나는 마스크를 쓰고 있었다. 일찍 결혼했으면 손자뻘일 아이가 나한테 이런 말을 하다니.

어쨌든 고맙다. 얘야. 예쁘다는 소리를 들으니 기분 좋구나. 앞으로 평생 마스크 쓰고 다닐게.

따라쟁이

학교에 따라 다른데, 강연 도중 쉬는 시간을 주는 경우가 있다. 그 시간에 사인을 받으러 오는 학생들이 있다. 강연이랑 질의응답 다 끝나면 사인회 할 거라는 공지가 미리 있었지만 아랑곳하지 않는 아이들이다. 몇 번 겪어보니 알겠다. 이 아이들은 나한테 사인받는 거보다 더 중요한 용건으로 날 찾아온다는 걸.

"작가님! 저, 고민 있는데, 말해도 돼요?"

사인을 받으러 온 여학생이 말했다. 이럴 때 "안 돼. 고민 말하지 마." 이런 대답을 할 사람은 없겠지. 나는 우리에게 주어진 10분 동안 최대한 성실하게 들어주려고 귀를 기울였다.

"어떤 아이가 있는데, 자꾸 절 따라 해서 미치겠어요."

"어떤 걸 따라 하는데?"

"옷도 따라 입고요. 헤어스타일도 똑같이 하고, 가방도 똑같고, 어제는 실내화까지 제 거랑 똑같은 걸 사서 신었더라고요. 아! 뭐, 실내화는 이런 거 신는 아이들이 많기는 해요. 근데 뭐든 날 따라 하니까 실내화도 내 거랑 똑같은 거 산 거 같다는 생각이 드는 거예요."

"맞아요."

볼멘소리로 불평하는 아이의 옆에 있던 아이가 큰 소리로 맞장구를 쳤다. 사연 속 그 아이는 옆 친구도 눈치챌 정도로 심각한 따라쟁이인 모양이었다.

"엄청 속상하겠다."

이렇게 말했더니 그 아이는 눈물을 글썽이며 고개를 끄덕였다.

이 마음을 왜 모를까. 선택 피로(choice fatigue)라는 용어가 있을 정도로 우리는 브랜드와 상품이 넘쳐나는 자본의 시대에 살고 있다. 가방을 고르고, 머리핀 하나 사는 데도 엄청난 수고와 노력을 지불해야 한다. 그리하여 본인에게 어울리는 패션과 헤어스타일을 발견하고, 선택하고, 마침내 이미지를 완성했는데, 그것을 누군가가 고스란히 따라 한다면, 그 많은 노력의 시간들을 도둑맞은 느낌일 것이다.

사실 청소년 시기에 이런 일은 너무 흔하다. 우리는 어릴 때부터 모방을 통해 인생을 배운다. 처음에는 양육자를 따라 하고, 그다음에는 친구와 선생님, 연예인 혹은 존경하는 사람의 말과 행동, 스타일을 모방하면서 본인의 정체성을 만들어간다.

여학생만 이러는 게 아니고, 남학생도 비슷하다. 영화 속 캐릭터랑 똑같이 입고 다니는 남학생을 한두 번 본 게 아니다. 친한 무리의 스타일이 비슷해지는 건 여학생만의 일이 아니다.

문제는 한두 가지 아이템만 따라 하면 괜찮은데, 뭔가 자신의 전부를 따라 한다는 느낌이 들면 당사자는 불쾌함을 넘어 위협을 느끼지 않을까. 음, 상황이 여기까지 가면 스릴러 마니아인 나는 자꾸 이상한 스토리만 줄줄이 생각난다. 친구의 인생을 따라 하다가 결국 동일시하는 지경에 이르렀고, 그리하여 친구의 애인을 빼앗고, 친구를 죽이고야 마는 오싹한 뉴스. 실제로 국내외 언론에 나왔던 이야기다. 이런 종류의 작품도 꽤 있다. 영화 〈리플리〉까지 생각나는데, 음, 이건 너무 나간 건가. 나도 이것저것 남들 많이 따라 했던 시절이 있었는데 말이다.

옷이나 헤어스타일을 따라 했던 경우는 거의 없었다. 친구가 입은 예쁜 옷을 따라 사고 싶어도 나는 철철이 새 옷을 사 입는 환경에서 자라지 않았다. 남편이 우리 집에 처음 인사 갔을 때 엄마가 자랑스럽게 말했다. 영미가 어릴 때부터 옷이고 뭐고 외모에 별 관심이 없었다고, 사치 같은 건 할 줄도 몰랐다고. 세상에, 이런 황당하고 억울한 경우가 또 있을까.

"엄마! 사치를 하고 싶어도 사치할 돈이 없었잖아."

헤어스타일도 마찬가지. 초등학교 다닐 때 말고는 거의 짧은 머리였다. 키는 작은데, 얼굴이 크니 긴 머리가 안 어울렸다.

원천적으로 모방이 불가능한 옷이나 헤어스타일 말고, 다른 거는 많이 따라 했던 거 같다. 세상은 넓고 멋진 사람은 어찌나 많은지.

사춘기 시절, 전혜린의 수필집을 들고 다니던 아이가 있었다. 그 친구는 공부를 잘하는 편도 아니었고, 예쁘지도 않았고, 오락부장 같은 건 한 번도 해본 적이 없는 존재감 제로의 아이였다. 그런데 백일장에서 상을 탄 뒤부터 이 아이가 우리의 주목을 끌기 시작했다.

"너도 전혜린 좋아하는구나."

국어 선생이 이 친구를 예뻐했다. 실제로 이 친구는 전방위로 무식한 우리와는 사뭇 달랐다. '절대 진리' '처절한 방황' 이런 어휘를 자유롭게 구사하는 고등학생이 어디 흔한가. 어느 때부터인가 아이들은 너도나도 전혜린 책을 들고 다니기 시작했다.

'나도 그 책을 구해서 읽었다'가 아니고, 읽다가 말았다. 뭔가 자의식 과잉 같아 보여서 활자가 내 안으로 입력이 되지 않았다. 그럼에도 분위기가 주어지면 읽은 체했다. 전혜린 전도사였던 그 친구의 주장을 내 생각인 양 일기에 적기도 했다. 우울증은 천재의 운명 같은 것, 그러므로 그녀는 자살할 수밖에 없었다. 시대와 불화한 게 아니고, 앞서간 거니까, 어쩌고저쩌고 허세 가득한 글들.

어떤 친구는 남자 친구에게 전혜린의 수필집에 나온 글을 그대로 베껴서 연애편지를 썼다고 했다. 편지를 받고 남자 친구가 깜짝 놀랐다고.

'헉! 내 여자 친구가 이렇게 천재였어? 그런데 심각하게 우울해 보여.'

이러면서 둘은 대화를 했는데, 결국 친구는 그 글이 수필집에서 옮겨 쓴 거라고 실토했다고 한다.

하긴 이 정도는 애교 아닌가. 문득 생각나는 일이 있다.

작은언니가 신던 것과 똑같은 샌들을 산 적이 있었다. 너무 예쁘고 좋아 보여서. 그런데 나는 언니보다 3분의 1 가격으로 샀다. 그걸 또 자랑이라고 언니한테 늘어놓았다. 예나 지금이나 나는 눈치가 더럽게 없다.

그때는 몰랐다. 이게 얼마나 얌체 같은 짓인 줄. 그저 내가 대단히 알뜰하다는 걸 칭찬받고 싶었던 거 같다. 이후로 언니는 그 신발을 신지 않았다. 나는 샌들이 너덜너덜해질 때까지 신고 다녔고. 언니는 그거 말고도 신을 신발이 많으니 그나마 다행이었다.

따라쟁이 때문에 속상한 그 아이한테 네가 멋있어 보여서 그런 걸 거라고 위로했다. 이거 말고 딱히 할 말이 있겠는가. 좋아 보이면 따라 하고 싶은 건 인간의 본능인 것을.

하지만 적당히 해야 한다. 넘치면 스토커처럼 보일 수도 있다. 하긴 뭐든 '적당히'가 어렵다. 그 '적당히'란 지점이 상식의 영역일 것이다. 암튼.

고양이를 키우고 싶다는 아이에게

강연이 끝나고 사인 시간에 어떤 남학생이 편지를 내밀었다. 자주 있는 일이라 고맙다고 잘 읽겠다고 대답했다.

독자들 편지는 거의 책을 읽은 소감을 적은 내용이다. 그런데 이 아이가 준 편지는 달랐다. 편지라기보다는 일기와 수필을 섞은 듯한 이야기였는데, 아마도 내가 자기 생각을 읽어주길 바라고 쓴 것 같았다. 본인의 꿈이 무엇이며, 요즘 생활은 어떻고 이런 이야기는 서론이고, 핵심은 길고양이에 관한 거였다.

그러고 보니 내 소설 중 가장 최근의 두 작품에도 길고양이 밥을 챙겨주는 아이가 나온다. 그래서 나한테 자기 얘기를 하고 싶었겠지. 이 남학생도 학교 가는 길에 만나는 길고양이에게 삶은 멸치를 챙겨준다고 했다.

소설에는 설명하지 않았지만, 그냥 멸치보다는 삶은 멸치가 좋다고 한다. 굶는 길고양이도 많지만, 주택가에서 어슬렁거리는 고양이들은 어쩔 수 없이 가공 음식을 많이 먹게 되는데, 나트륨 과잉 섭취로 비만인 고양이가 많다고 들었다. 그래서 멸치도 가능하면 소금기를 빼고 주는 게 좋다고.

오며 가며 밥을 챙겨주다 보니 고양이도 이 친구를 알아보았다. 착각인지 모르겠지만, 하굣길에는 이 아이를 기다린다고도 했다. 그러던 어느 날 고양이가 자기를 따라왔다. 아이가 말했다.

"밥 줬잖아, 왜 따라와?"

그런데 고양이는 잠시 멈칫하더니 일정한 간격을 두고 이 아이를 계속 따라왔다.

어느새 집 앞까지 왔다. 아이의 집은 주택인데, 문 앞에서 뒤를 돌아보았다. 고양이는 저만치에서 걸음을 멈춘 채 자기를 쳐다보고 있었다. 그 고양이를 두고 대문을 닫을 때 눈물이 핑 돌았다.

그날, 부모님께 길고양이를 데려다 키우고 싶다고 했다.

부모님은 단호하게 반대 의견을 냈다. 집에서 동물 키우는 게 쉬운 줄 아느냐고. 이 아이는 어떻게 하면 고양이를 데려와서 키울지 고민 중이라며 편지를 마무리 지었다.

생각해봤는데, 길고양이 데려다 키우는 건 나라도 반대했을 거다. 내 아이들도 집에서 동물 키우자는 소리를 많이 했는데, 내 대답은 한결같았다. 나중에 독립하면 그때 키우라고. 귀찮아서, 감당 못해서, 이런 이유도 있겠지만, 내가 집에서 동물을 못 키우는 첫째 이유는 어릴 때 우리 집에 살았던 반려견 '바리'의 죽음 때문이다.

바리는 똥개였다. 강아지 때 우리 집에 와서 노견이 될 때까지 함께 살았다. 우리 식구 중 막내인 나랑 가장 친했다. 발발거리고 돌아다니다 엎드려 누워 있으면 다리가 아파서 저러는 줄 알고, 내가 몇 번 업어주기도 했다. 처음에는 버둥거리다 나중에는 익숙하게 업혔다. 〈아이스케키〉라는 영화에도 동네 아이가 강아지를 업고 있는 장면이 나온다. 사람 마음이 다 비슷하구나 싶어서 엄청나게 반가웠다.

몇 년 후 바리가 가출을 했다. 식구들이 바리를 애타게 찾아다녔던 기억이 난다. 바리는 며칠 후 인근 중학교 옆 논두렁에서 사체로 발견되었다. 그때 아버지가 했던 말이 나의 뇌리에 박혔다. 바리가 우리한테 폐 끼치기 싫어서 가출한 거라고. 자기 죽을 곳을 찾아간 거라고.

아버지의 해석이 맞는지 어떤지는 모르겠다. 그 일이 일생의 트라우마로 남았다. 내가 성당에 다니기 시작한 것도 아마 그 때문이었을 거다. 바리의 누런 털의 감촉은 영원히 잊을 수 없다. 개든 고양이든 사람보다 먼저 죽을 텐데, 나는 우리 아이들에게 어린 나이에 영원한 이별에 대한 상실을 감당하게 하고 싶지 않았다.

그런데 어느 날 아이들이 병아리를 들고 왔다. 둘 다 초등학교 다닐 때였다. 나는 21세기에도 초등학교 앞에서 병아리를 파는 사람이 있다는 데 놀랐고, 그걸 사 들고 온 내 아이들의 배 째라 정신에 또 한 번 놀랐다. 그렇다고 다시 갖다주라고 할 수도 없었다. 결국 아파트 베란다에서 병아리를 키울 수밖에 없었다.

저런 병아리가 며칠이나 갈까 싶었다. 학교 앞에서 사 온 병아리를 일주일 넘게 키웠다는 소리를 들어본 적이 없었다. 아이들이 병아리를 잘 키우기 위해 인터넷 검색을 하는 동안, 나는 병아리가 죽으면 어떻게 처리할지 고민했다.

아이들은 병아리 키우기 카페에 가입해 이런저런 영양식을 먹이고, 잠자리도 잘 보살폈다. 이 일들을 애들이 했겠는가? 아이들이 사료에 홍삼이나 비타민을 섞여 먹여야 한다고 하면, 내가 그걸 다 만들어 병아리들에게 갖다 바쳤다. 어느 집에나 있는 일이겠지만, 그 병아리가 중닭이 되는 동안 뒤치다꺼리도 내가 다했다. 매일 닭똥 치우는 것도 고역이었다.

치우는 것만 문제가 아니었다. 현관문을 열면 닭똥 냄새가 진동했다. 닦고 쓸고 방향제를 뿌리고 초를 켜놓아도 소용이 없었다. 그러던 어느 날, 경비 아저씨가 찾아왔다. 아침에 닭 우는 소리랑 닭똥 냄새 때문에 항의가 들어왔다고, 아파트에서 닭 키우면 안 되는 거 몰랐냐고.

아! 이 얼마나 반가운 소식인가. 나는 냉큼 아이들에게 이 사실을 고하고, 닭들을 어디로 데려다줄지 수소문했다. 결국 시골에서 농장을 하는 친척을 둔 동네 아저씨한테 닭들을 무사히 인계했다. 아이들은 며칠 동안 눈물을 찔끔거렸다. 나한테 몇 번이나 닭들 잘 있는지 물어보면 안 되느냐고 묻기도 했다.

이 일 말고도 아이들이 졸라서 거북이랑 물고기를 키우기도 했다. 결국 죽거나 내가 나자빠져서 이웃에게 주거나 했다.

잠시 살았던 밴쿠버는 동물들이 흔했다. 저녁에 쓰레기

를 버리러 가면 뚱뚱한 너구리나 스컹크랑 자주 마주쳤고, 숲속 산책길에서 코요테를 본 적도 있었다. 살던 집에 처음 짐을 풀던 날에는 테라스에 꼬리 잘린 청설모가 찾아왔다. 딱해서 새우깡을 던져주었더니 청설모는 다음 날에도 또 찾아왔다. 창 너머로 두리번거리는 거 같아서 또 새우깡을 줬다. 이후로 꼬리 잘린 청설모는 매일 찾아왔고, 그때마다 나는 이런저런 먹이를 주었다.

그러다 야생동물에게 먹이를 주지 말라는 안내판을 본 이후 새우깡 주는 걸 그만두었다. 미국 여행할 때도 동물들 먹이 주지 말라는 안내판을 많이 보았다. 인간의 음식에 길들면 먹이 찾는 노력을 하지 않는다고, 끝까지 책임질 동물이 아니면 관심도 두지 말라는 취지라고 했다.

내가 동물을 키우지 않는 결정적인 이유가 이 때문이다. 아름다운 섬, 완도에 갔을 때 길거리에 돌아다니는 개들을 보고 얼마나 충격받았는지 모른다. 지역 기자분 말이 여행을 와서 키우던 개를 버리고 가는 사람이 그렇게 많다고 했다.

어느 새벽 월악산 드라이브 길에서 개를 만난 적도 있었다. 며칠이나 굶은 듯 깡마른 개의 텅 빈 눈빛이 한동안 계속 생각났다.

책임질 수 없는 관심은 때로는 폭력일 수 있다는 걸 그때 알았다. 그 남학생에게 답장을 쓴다면 이렇게 말하고 싶었다. 고양이를 키우려면 먼저 경제적인 것까지 포함해서 키울 여건이 되는지, 끝까지 책임지겠다는 각오가 있는지부터 따져봐야 한다고.

내 소설에 길고양이에게 밥 주는 아이를 자꾸 등장시키는데, 사실 이게 윤리적으로 옳은 일인지 모르겠다. 그럼에도 버려진 고양이를 보면 어쩌겠는가. 다만 인간과 동물이 평화롭게 공존하는 방법을 고민해야 할 시대가 된 거 같다.

잠수 타는 사람들

연애 상담해주는 프로그램을 즐겨 보고, 그런 종류의 사이트에도 자주 들락거리는 편이다. 왜냐? 나한테 연애 세포가 없으니까. 연애소설을 쓸 건 아니지만, 작가한테 연애 감정이 없으면 안 될 거 같다. 리비도가 거세된 창작자는 상상이 잘 안된다. 이건 매일 노래 연습하는 가수의 노력과 비슷한 거다. 가수들도 목청 관리를 해주지 않으면 목소리가 금방 늙는다고 한다.

이런 방송을 보고 사이트를 접하면서 생각한다. 아! 내가 젊었을 때 저런 멘토 혹은 참견쟁이들이 있었다면 나의 연애는 롱런하지 못했겠구나. 그 많은 고비마다 참고 견디고 맞췄기 때문에 오늘날 가족을 이루며 살고 있구나.

이런 프로그램에 상담자들이 왜 참여하겠는가? 대부분은 자기 선에서 해결할 수 없는 연애 고민을 안고 있어서다.

"머리로는 헤어지라고 하는데, 그 사람을 너무나 사랑합니다. 저 어떡하면 좋아요?"

상담자의 질문에 80퍼센트 정도는 이런 답변이 돌아온다.

"헤어지세요. 당신은 소중하니까요. 그런 인간이랑 계속 엮이면서 인생을 낭비하지 마세요."

얼마나 멋진 말인가. 이 대목에서 나 혼자 박수를 막 친다. 맞아요! 맞아요! 언니 오빠들! (나보다 나이는 한참 어리지만, 저런 말을 하는 사람은 무조건 언니고 오빠다!) 왜 이제야 나타나셨어요? 나 젊었을 때 이런 방송 좀 해주시지. 그러게, 나 어릴 때는 남자가 여자를 스토킹하고 강간해서 마침내 결혼까지 하게 된 스토리가 로맨스로 포장되어 나온 작품도 있었다.

하지만 이 와중에 슬글슴금 나의 꼰대력이 튀어나오기도 한다.

'문제 생길 때마다 헤어지라고 하면 긴 연애가 가능할까요? 사람은 고쳐 쓰는 게 아닌 건 맞지만, 그래도 누구를 만나느냐에 따라 사람이 변할 수도 있는 거잖아요. 그게 사랑의 힘이기도 하고요.'

이런 글을 시청자 게시판에 꼭 쓰고 싶다. 꼰대력이라기보다는 경험자니 하는 소리다. 연애란 서로의 세계가 만나 맞추고, 변화하고, 조율하는 과정 아닐까. 해서 갈등은 필연적으로 발생할 수밖에 없다. 연애 상대는 맞춤형, 완성형으로 나에게 나타나지 않는다. 스물 몇 살 시절과 비교하면 지금의 나와 남편은 완전 딴사람이 되었다.

이 점만 빼면 무조건 재미있다. 방송에 나온 에피소드 모아서 책으로 엮어도 좋을 거 같다. 과거의 나 같은 연애 까막눈이를 위한 지침서로.

이런저런 방송과 글을 보니 연애 전문가들이 헤어져야 할 신호라고 말하는 대목이 있었다. 바람, 폭력, 사기, 그리고 여러 중독들. 이런 증상이 나타나면 무조건 헤어지라고 하지만, 차곡차곡 꼰대력을 쌓은 내 눈으로 보자면, 바람과 중독 같은 경우는 백만 가지 형태로 나타나는 거라, 경우에 따라 용서하고 치료받을 기회를 줄 수 있겠다는 생각도 들었다. 무엇보다 나는 하자가 많은 인간이라 상대한테 이것저것 따질 입장이 못 된다. 뭐, 이래 봤자 앞으로 연애할 일이 없으니 내 의견은 중요하지 않지만, 어쨌든.

그 외에 연애 전문가들이 하나같이 진저리를 치는 사연

이 있었다. 그것은 갈등이 생기면 잠수를 타는 유형이었다. '생각할 시간 좀 갖자' 정도의 문자라도 보내고 잠적하면 양반 축에 속한다. 싸우고 난 뒤에 수신 거부해놓고 잠수하는 인간도 꽤 많았다. 사연을 듣는 나도 열받는데, 당사자의 심정은 오죽할까.

잠수 타는 사람한테 당한 심정을 나도 좀 안다. 오래전 어떤 일을 진행하다가 갑자기 한 사람이 사라진 일이 있었다. 말도 없이. 처음에는 무슨 사고가 났나? 생각했고, 무사하다는 걸 알았을 때는 우리가 뭘 잘못했나? 싶었고, 마침내 내가 정성스럽게 쓴 문자까지 씹히고 난 뒤에는 이런 생각이 들었다.

'뭐, 저런 게 다 있어?'

나중에 알았다. 저런 유형이 수동적 공격형이거나 회피성 인격 장애일 수도 있다는 것을. 이런 것까지 찾아본 걸 보면, 저런 사람한테 시달린 게 한두 번이 아니었던 것 같다.

긴 잠수 뒤에 나타나 다시 잘해보자고 했을 때 어떻게 하면 좋은지에 대한 사연도 있었다. 물론 연애 전문가들은 하나같이 헤어지라고 조언했다. 저런 사람은 문제가 생기면 또 잠수 탈 거라고. 감당할 수 있겠느냐고.

정답이다. 나이 들어서야 알았다. 연인이든 가족이든 누구든 예측 가능한 사람이 편하고 좋은 사람이라는 걸. 이제는 어디로 튈지 몰라서 나를 불안하게 만드는 사람과는 웬만하면 엮이지 않으려고 한다.

그런데 나 역시 잠수가 생활화된 인간으로 살고 있다. 긴 글을 쓰다 보니 가족, 친구, 지인과 사소한 일상을 나눌 수 없게 되었다. 변명을 하자면 나는 그들과 좋은 관계를 이어가고 싶어서 잠수를 택했다. 내 상황이 좋지 않을 때, 깊은 우울에 빠졌을 때, 글이 막혀서 예민해져 있을 때 억지로 만나서 누군가를 불편하게 만들고 싶지 않았다. 다만 양해를 구한다. 글 써야 되니 당분간 모임 못 나간다고.

"뭐, 얼마나 대단한 작품을 쓴다고 저래?" 라는 소리가 뒤통수에 들릴 거 같아도 할 수 없다. 형편없는 작품을 쓰더라도 이건 내 일이니까.

직접적인 교류 없이 글에 몰두하더라도 그들에 대한 사랑이 사라지는 건 아니다. 겨울잠을 자는 곰이 생명 활동을 멈춘 게 아니듯. 가끔 그립고, 폭풍처럼 눈물이 나기도 한다. 활기찬 새봄을 위해 동면에 들어가는 동물들처럼 이것이 내가 인간과 세계를 사랑하는 방식이라고 생각한다.

조금 다른 이야기인데, 책 제목을 왜 체리새우로 지었느냐는 질문을 자주 받는다. 그러면 나는 어느 날 동영상으로 본 체리새우의 탈피 장면을 이야기해준다. 새우가 탈피를 한 뒤, 새우 형태의 껍데기가 고스란히 남는다고, 그런데 진짜 새우는 저만치에서 헤엄을 치고 있다고. 그게 너무 신기했다. 피부가 벗겨지면 쓰리고 아프듯 체리새우도 탈피한 날은 엄청나게 예민하다고 한다. 그래서 탈피하는 날에 많이 죽는다고.

그럼에도 불구하고 새우는 주기적으로 탈피를 한다. 청소년기의 성장과 너무나 잘 어울리는 이미지였다. 유치원 때 신던 신발이 아무리 예쁘고 소중해도 지금 신을 수 없듯이, 성장이란 그런 거다. 과거의 나와 결별하는 것. 육체든 정신이든.

어떤 소아청소년 정신과 의사는 사춘기를 번데기에 비유했다. 애벌레에서 나비로 가는 중간 단계. 그 시기를 견디어야 멋진 나비가 된다고. 그러고 보면 성장통은 어른이 되기 위한 필수 조건인 거 같다.

비겁한 잠수와는 차원이 다르다. 작품을 위해 잠수를 하고, 죽음을 무릅쓰고 성장을 위한 탈피를 하고, 창공을 날기 위해 번데기 시기를 견디며 우리는 완성을 향해 나아간다.

인간과 세계를 사랑하는 한, 우리는 날마다 성장하고 진화한다. 나는 어제의 내가 아니며, 날마다 다시 태어난다. 살아 있는 건 아름다운 기적 같다.

자기가 디자인하는 인생

엘리베이터에 두 돌쯤 되는 아이와 그 부모가 탔다. 타자마자 아기를 안은 아빠가 말했다.

"자! 이제 눌러."

아기는 한참 버튼을 쳐다보았다. 자기 집 층 번호를 찾는 시간이 꽤 걸렸는데, 누구도 아기를 재촉하지 않았다. 성격 급한 나도 아기가 마음 편하게 버튼을 찾을 동안 눈도 맞추지 않았다. 이윽고 귀여운 아기가 자기 집 층 번호를 눌렀다.

"딩동댕!"

부모가 동시에 말하자, 아기는 흡족한 표정으로 박수를 쳤다. 그러다 나랑 눈이 마주쳤는데, 내가 웃자 아기는 부끄러운 듯 아빠 품에 폭 안겼다.

어느 집이나 비슷하구나 싶었다. 우리 아이도 저만할 때 엘리베이터 버튼 누르는 건 자기 일이라고 여겼다. 친구 딸은 집 전화가 울리면 꼭 자기가 받아야 했다. 자기가 화장실에 있어서 못 받는 경우에만 다른 가족이 전화 받는 걸 허락했다고.

아기들이 이런 행동을 할 때 "됐어! 아빠가 버튼 누를게" 이러거나, "전화 올 곳 있으니까 엄마가 받을게"라고 말하는 어른을 본 적이 없다. 효율성만 따지면 어른이 버튼을 누르고 전화를 받는 게 맞겠지. 그렇지만 세상 어른들은 대체로 아이의 이런 행동을 응원한다. 성장의 한 과정이라는 걸 아니까. 자기 역할이 하나하나 늘면서 아기는 자기 인생을 주도하는 방법을 배우는 거 같다.

초등학교 시절, 큰아이는 학교에서 걸핏하면 전화를 걸어왔다.

"엄마, 사회과 부도 안 가져왔어. 좀 갖다줄 수 있어?"

대체로 이런 용건이었다. 이제 와서 이런 폭로를 하면 기억 안 난다고 펄쩍 뛸지 모르지만, 큰아이는 기본적으로 뭘 잘 챙기는 법이 없었다. 날 닮아서 덜렁거리는 성향인 네

다, 내가 훈육을 잘 못해서 그런 거 같기도 하다. 이런 전화를 받을 때마다 속이 부글부글 끓었다. 하지만 어쩌겠는가. 자식 앞에서 엄마는 무조건 '을'이다. 부랴부랴 눈곱도 떼지 않은 몰골로 사회과 부도를 들고 학교로 뛰어갈 수밖에 없었다.

이런 짓을 몇 번 하다 보니 대책이 필요했다. 아이가 잠들기 전에 말했다. 내일 준비물 챙겼어? 그럼 큰아이는 이렇게 대답했다.

"응. 조금 있다가 챙길게."

그래 놓고 나를 뺑뺑이 돌린 적이 한두 번이 아니었다.

이런 일을 겪고도 내가 직접 아이 준비물을 챙겨준 적은 없었다. 두 아이 다 그랬다. 내가 알림장을 확인하고 준비물을 직접 챙겨주는 건 초등학교 1학년 때까지였다.

대단한 교육철학이 있어서 그런 건 아니고, 그냥 그래야 할 거 같았다. 우리 엄마가 나한테 보여준 태도처럼 나 역시 아이 스스로 준비물을 챙겨야 한다고 생각했다. 도움이 필요하면 당연히 도와줬다. 어쨌든 아이가 학교 준비물을 챙기는 주체이고, 나는 조력자라는 포지션을 바꾼 적은 없었다.

내가 너무 이상해 보였는지 어느 날, 어떤 엄마가 나한테 물었다.

"그러다 선생님한테 야단맞으면 어떡해요?"

당연히 싫죠. 목숨보다 귀한 내 자식이 선생님한테 혼나는 게 좋은 부모가 어디 있을까. 하지만 그것도 아이 몫이다. 엄마가 잔소리 대마왕이 되는 거보다 스스로 깨지고 실수하면서 세상의 인정을 받는 법을 터득하는 편이 낫다고 생각했다. 혼나는 게 싫으면 덜렁대는 버릇도 알아서 고치지 않을까 하는 대책 없는 믿음도 있었다.

중학교 가서는 이런 일이 없었다. 아마도 그 무렵 내가 대학원에 다니고 있어서 나 몰라라 했을 수도 있고, 여튼 잘 모르겠다. 이렇게 덜렁대던 아이가 어찌어찌해서 고등학교도 무사히 졸업하고 무난하게 대학을 갔는데, 신입생 때도 딱 한 번 이런 일이 있었다.

그때 리포트 쓰느라 밤샘을 한 뒤 정작 그 중요한 보고서를 놔두고 학교에 간 거였다. 학교에 도착하자마자 전화를 걸어왔다. 참나, 늙어가는 이 엄마가 돼지우리 같은 대학생 아이의 책상에서 출력한 리포트를 찾아낸 뒤, 수업 시간 맞추려고 수원에서 서울까지 택시를 타고 갔다. 기가 막힌다. 내가 자기의 명예를 위해 이 일을 평생 비밀로 해줄 줄 알겠지만, 어쩌겠는가. 그날 너무 기가 막혀서 이 일을 동네방네 떠들지 않을 수가 없다.

늘 걱정이었다. 이러다 군대 가서 선임한테 혼나면 어쩌지? 나중에 사회생활이나 잘할 수 있을까? 그렇다고 잔소리를 할 수도, 내가 아이의 버릇을 뜯어고칠 방법도 없었다.

그러다 아이가 대학 여름방학 중에 독일 연수 프로그램에 참여하게 되었다. 나도 이런 경험이 없어서 걱정이 많았지만, 어쨌든 아이는 한 달 동안 무사히 독일의 대학에서 수업 잘 받고 비교적 좋은 성적을 얻었고, 남은 기간 혼자서 유럽 여행도 잘하고 왔다. 세상에, 이런 일취월장은 상상도 못했다. 준비물도 못 챙기던 천하의 덜렁이가 불과 몇 년 만에 이 일들을 혼자 해낸 것이다. 내가 해준 건 항공권 끊어준 거, 부탁한 옷이랑 준비물 사준 거밖에 없었다. 그런데 나중에 들으니 독일에서도 늦잠을 자서 수업에 빠진 적이 있었다고 했다. 그 말을 듣고서 어쨌든 중도에 쫓겨나지 않은 것만 해도 장하다고 칭찬했다.

이런 양육 방식이 옳은지 어떤지 모르겠다. 나는 모범적인 학부모도 아니고, 훌륭한 시민은 더더욱 아니다. 엄마가 꼬박꼬박 준비물 잘 챙겨준 내 조카도 잘만 자라서 의젓한 성인이 되었다. 그렇지만 다시 돌아가도 나는 내 스타일대로 할 거 같다.

이 원고를 수정하는 와중에 허준이 교수가 필즈상을 수상했다는 소식을 들었다. 하루 종일 기뻐 날뛰었다. 내가 우리 집안의 일처럼 기뻤던 첫째 이유는 요따위 말을 하던 미국 시민권자가 생각나서였다.

"한국 아이들 수학 잘한다지만, 다 과외, 선행 때문 아니야? 그렇게 잘한다고 해봤자 연구 분야에 성과는 하나도 없잖아."

그 사람한테 당장 연락해서 "어떻게 생각하세요?"라며 약 올리고 싶었다. 두 번째 기뻤던 이유는, 허준이 교수의 자퇴 경력 때문이었다.

'수포자가 수학계의 노벨상 수상' 어쩌고 하는 가공된 기사가 넘쳐서 정확한 사실관계는 모르지만, 어쨌든 허준이 교수가 고등학교를 자퇴한 건 사실이다. 시인이 되고 싶어 자퇴했다는 기사도 있고, 자퇴한 뒤 시인이 되고 싶어서 도서관의 문학 서적을 탐독했다는 기사도 있어서 정확한 인과관계는 모르지만, 어쨌든 시인이 되고 싶었고, 자퇴를 한 뒤 혼자서 도서관을 서성였다는 이력은 놀랍기만 하다.

어느 부모가 자식이 자퇴하겠다는데 "그래, 장하다! 자퇴해버려"라고 말할 수 있을까? 허준이 교수 부모도 마찬가지였을 것이다. 하지만 예상되는 실패를 감내하며 선택한 그 과정을 통해 본인의 진정한 욕망을 뭔지, 뭘 잘할 수 있는지, 앞으로 무엇을 하며 살지에 대한 인생 설계도를 만든 게 아닐까? 오롯이 본인의 주도로 자기 길을 선택하니, 순도 높은 열정과 잠재력을 최대치로 끌어냈을 거 같다.

물론 세상은 넓고 도처에 위험이 있다 보니 그런 선택을 하는 건 쉽지 않다. 나라도 선뜻 학교 그만두라고 못했을 거 같다.

문학을 하는 입장에서 보면, 부모가 짜준 매뉴얼대로 고속도로를 잘 달리는 인생은 좋아 보이지 않는다. "몇몇 과정에서 실패가 없었다고 성공한 인생일까?" "그렇게 잘 달려서 과연 행복할까?"라는 질문을 던진다면 말이다.

스스로 선택하는 법을 배운 사람은 실패했을 때도 남 탓을 하지 않는다.

드라마 〈이상한 변호사 우영우〉에 이런 대사가 나온다.

"오롯이 좌절하고 싶습니다. 좌절해야 한다면 저 혼자서, 오롯이 좌절하고 싶습니다. 저는 어른이잖아요. 아버지가 매번 이렇게 제 삶에 끼어들어서 좌절까지도 대신 막아주는 거, 싫습니다. 하지 마세요."*

* 《이상한 변호사 우영우 대본집 1》, 문지원 지음, 김영사

본인의 장애를 알고, 한계도 알고, 헤쳐나갈 방법도 본인 주도로 알아낸, 이토록 의젓한 딸이라니! 시청자나 아버지는 이제 우영우 걱정을 안 해도 될 거 같다.

육아의 최종 목표는 자립이라고 한다. 품 안의 아이를 넓은 세상에 당당하게 내보내기 위해 우리는 최선을 다해 아이를 키운다. 사춘기는 그 자립을 준비하는 본격적인 출발점이다. 자기 인생의 운전대를 잡으려니 겁이 나겠지. 그러니 허세도 떨고 반항도 하는 거 아닐까? 어쩌겠는가. 결국 운전자는 아이다. 이제는 씨알도 안 먹힐 훈육이나 잔소리 대신 믿고 기다리는 수밖에 없다.

이런 시행착오를 겪으며 아이는 어른이 된다. 그 아이는 내가 우주 너머로 사라져도 훌륭한 지구인으로 자기 몫의 인생을 살게 될 것이다. 이렇게 유한한 인생이 역사로 이어지는 거 아닐까.

사춘기라는 우주

2022년 09월 22일 초판 01쇄 발행
2024년 06월 12일 초판 04쇄 발행

지은이 황영미

발행인 이규상 편집인 임현숙
편집장 김은영 콘텐츠사업팀 문지연 강정민 정윤정 원혜윤 이채영
디자인팀 최희민 두형주
채널 및 제작 관리 이순복 회계팀 김하나

펴낸곳 (주)백도씨
출판등록 제2012-000170호(2007년 6월 22일)
주소 03044 서울시 종로구 효자로7길 23, 3층(통의동 7-33)
전화 02 3443 0311(편집) 02 3012 0117(마케팅) 팩스 02 3012 3010
이메일 book@100doci.com(편집·원고 투고) valva@100doci.com(유통·사업 제휴)
포스트 post.naver.com/h_bird 블로그 blog.naver.com/h_bird
인스타그램 @100doci

ISBN 978-89-6833-396-5 03810